CHARLES POINTEL,

OU

MON COUSIN

DE LA

MAIN GAUCHE.

IV.

DE L'IMPRIMERIE DE CORDIER.

CHARLES POINTEL,

OU

MON COUSIN

DE LA

MAIN GAUCHE;

PAR A. DE VIELLERGLÉ,

AUTEUR DES *DEUX HECTOR*.

L'âme d'une femme est le chef-d'œuvre de la création.

CONFUCIUS.

TOME QUATRIÈME.

PARIS,
CHEZ HUBERT, LIBRAIRE,
PALAIS-ROYAL, GALERIE DE BOIS, N.° 222.

1821.

CHARLES POINTEL,

OU

MON COUSIN

DE LA

MAIN GAUCHE.

CHAPITRE XXIV.

La traversée fut heureuse, et après quelques jours de navigation, les côtes de France s'élevèrent à la vue des voyageurs. « Terre! terre! » s'écria *Tranquille* en saluant avec l'ivresse de la joie le sol de la patrie!... Charles ne partageait point les douces émotions de son vieux camarade; il reparaissait en Béarn sous le poids d'une accasion capitale; accusation qui, tout injuste qu'elle était, n'en flétrissait pas moins les charmes du retour.

Le délâbrement de la santé de Julie aggravait encore le sombre de ses pensées... Dans quel état allait-il présenter au baron cette fille naguère brillante de toutes les espérances de la vie!.... Désespérée, flétrie et brûlée par une fièvre ardente, qui ne laissait apercevoir pour terme que le tombeau..... Encore quelques jours, et c'en était fait de toutes les joies d'un père!...

Julie, dont les forces baissaient sensiblement, eut toutes les peines du monde à gagner la voiture qui l'attendait au sortir de la barque. « Hâtez-vous, cher Charles, disait-elle à son cousin, hâtez-vous, car la mort peut me ravir le seul bien qu'il me reste à espérer ici bas; la bénédiction de mon père....

— Ne me parlez point ainsi, chère cousine....

— Charles, je ne puis m'aveugler; ce feu qui me dévore doit bientôt me tuer; je sens ma vie s'éteindre avec chaque soupir que j'exhale.

— La jeunesse et l'art n'offrent-ils pas mille ressources?

— Je vous le répète, Charles, il n'y a aucun espoir de salut... Si vous saviez... »

Julie n'en put dire davantage; ses forces l'abandonnèrent, et elle parut toucher à ses derniers momens.

« Elle se meurt! s'écria le capitaine.... *Tranquille!... Tranquille!...* »

Le soldat s'approcha de la portière de la voiture.

« Que veut mon capitaine?...

— Cours à bride abattue à Tieusac; préviens le baron du danger de sa fille, et fais en sorte qu'un chirurgien se trouve au château à notre arrivée.

— Un chirurgien, mon capitaine! il n'en est plus besoin, mademoiselle est morte; regardez-la... — Morte!.. non!... je sens son cœur battre encore!... Pars, te dis-je, et va comme le vent. »

A ce dernier ordre, *Tranquille* s'éloigna rapidement. Le capitaine commanda au postillon de presser ses chevaux, et il prodigua à son infortunée cousine tous les secours qu'il put imaginer. Après deux heures d'anéantissement, Julie donna quelques signes de vie; sa respiration devint on ne peut plus forte, et le pouls recommença à battre. Elle se trouvait encore dans cet état, lorsque la voiture entra dans les cours du châteu de Tieusac.

Le baron et tous les domestiques de la maison s'y trouvaient, attendant avec la plus pénible anxiété l'arrivée du capitaine. Charles descendit de sa chaise, et remit en silence dans les bras de son oncle le précieux dépôt dont il était chargé. Le baron le reçut en pleurant. « Julie!.... Julie!.... s'écria-t-il, en quel état m'es-tu rendue!.... »

A la voix de son père la mourante parut sortir de sa léthargie.... son teint s'anima, ses lèvres s'entr'ouvrirent, et elle laissa échapper ces mots: « Mon père!....

— Me voici, mon enfant; ouvre les yeux, et vois ton pauvre père te presser dans ses bras, et te bénir... Elle ne m'entend point.... Charles, où est le chirurgien?... fais-le approcher.... Monsieur, y a-t-il quelque espoir? ajouta le baron en s'adressant à l'homme de l'art.....

— Je ne puis rien affirmer, répondit ce dernier après avoir examiné la malade; mademoiselle votre fille est dans un tel état d'accablement, qu'il m'est presque impossible de pouvoir prononcer sur son sort... Ordonnez, M. le baron, qu'on la transporte dans un des appartemens du château, et veuillez m'y laisser seul un moment avec monsieur votre neveu. »

On s'empressa de se rendre aux desirs du chirurgien, et Julie fut portée dans l'appartement le plus voisin. « Mon cher monsieur, dit le baron en serrant la main du docteur, je vous quitte, puisque vous le jugez nécessaire; mais n'oubliez pas que le bonheur de ma vieillesse est attaché à la vie de mon enfant..... Si Julie m'est rendue, cent mille francs acquitteront la dette que j'aurai contractée envers vous.

— Monsieur, la reconnaissance d'un père sera pour moi une plus douce récompense que les dons du baron de Tieusac... Je desire bien vraiment que vous ayez cent mille francs à m'offrir; mais je déclare que je ne les accepterai point... »

Resté seul avec Charles, le chirurgien s'occupa de secourir Julie; il examina avec attention sa peau et ses lèvres, et cet examen lui fit remuer la tête.

« N'y aurait-il aucun espoir? dit le capitaine....

— Aucun, monsieur..... cette jeune fille n'a plus que quelques heures à vivre.

— Que dites-vous?....

— La triste vérité.... De plus, continua le docteur en baissant la voix, je dois vous prévenir qu'elle meurt empoisonnée.

— Grand Dieu!.... se pourrait-il?....

— Rien n'est plus certain. Les taches noires dont sa poitrine est couverte, la contraction de ses traits, et l'écume légère qui couvre ses lèvres, tout me le prouve.... Ce qui va arriver vous convaincra encore plus que mes paroles... Votre cousine va revenir à elle pour retomber bientôt après dans les convulsions de la mort.... son agonie sera terrible... je vous conseille de ne pas laisser approcher le malheureux père. »

La prédiction du chirurgien ne tarda pas à s'accomplir; Julie ouvrit les yeux, et les porta avec curiosité sur tout ce qui l'entourait. Elle reconnut son cousin, et lui tendit la main.

« Où sommes-nous, Charles?....

— A Tieusac, chère cousine.

— C'est donc cela, qu'il m'a semblé entendre la voix de mon père.... Charles, je n'ose vous interroger; l'absence du baron ne me prouve que trop....

— Julie, votre père vous aime plus que jamais, et il ne s'est éloigné que pour laisser monsieur plus libre de vous donner les secours que votre état exige.

— Dites-vous vrai, ma cousine?...

— Je le jure sur l'honneur.

— S'il en est ainsi, reprit Julie avec

l'expression de la joie la plus vive, courez chercher mon père, amenez-le de suite; il me tarde de recevoir sa bénédiction... Attendez, donnez-moi un verre d'eau pour apaiser le feu qui me brûle... » Le chirurgien voulut le lui présenter: « Non, monsieur, reprit-elle, permettez que je reçoive ce dernier soulagement de la main de Charles.... Cousin, ajouta-t-elle en regardant le capitaine d'un air attendri, j'ai pu tenir également de vous le bonheur de ma vie.... »

Julie ne put prononcer ces mots sans répandre quelques larmes; une ou deux tombèrent dans le vase qu'elle tenait; elle s'en aperçut, et dit avec un sourire mélancolique: « Mon dernier repas ne sera point sans amertume... c'est justice... Maintenant, Charles, procurez-moi la vue de mon père. »

Le capitaine s'éloigna en donnant les signes de la plus violente émotion. Julie le suivit du regard.

— Concevez-vous ma folie, dit-elle au

chirurgien, en laissant échapper un rire convulsif, j'ai préféré le démon que je n'aimais pas, à l'ange que j'aimais?...

— Infortunée!... et vous n'avez écouté que la voix du désespoir, pour sortir de cette position affreuse?

— Non, non;... le désespoir tue lentement, tandis que le démon... Je le remercie, il m'a épargné bien des jours de peine... Monsieur, vous devez connaître mon état?... vous savez que les secours de votre art ne peuvent plus rien pour mon corps : procurez à mon âme ceux de la religion.... Mon père et Charles sont les seuls êtres qui m'aiment au monde; je ne puis donc, sans cruauté, les charger de ce soin; vous, monsieur, qui m'êtes inconnu, et qui, par conséquent, ne pouvez m'aimer, rendez-moi ce dernier service.... Faites prévenir le curé du village, qu'une fille coupable et repentante réclame son divin ministère...

— Je vous obéirai, mademoiselle, aussitôt que vos parens seront ici. Je les entends.... Songez à ménager le cœur de votre père... »

Comme le chirurgien achevait son exhortation, le baron et Charles entrèrent dans l'appartement. En apercevant son père, Julie joignit les mains, et s'écria : « Grâce! grâce! mon père!...

— O mon enfant! que le ciel te pardonne et te bénisse, comme je te pardonne et te bénis. Il le fera, Julie, car ta chute fut une faiblesse, et non un crime.

— O mon père! que votre bonté me rend doux le passage de la vie à l'éternité!...

— Julie!... ma Julie!...

— Ne nous flattons point, mon père; le soleil qui nous éclaire doit renaître sans moi....... Vous pleurez sur ma mort?.... et vous aussi, Charles?..... ah! vous auriez bien davantage à pleurer sur ma vie.... Mon père, Charles vous reste; qu'il vous console et vous tienne lieu de Julie;... je vous le laisse.... Hélas! j'aurais également pu ne point vous quitter....

on père, donnez-moi votre main; don-
z-moi la vôtre aussi, Charles;... pen-
quelquefois tous deux à la pauvre Ju-
.... Approchez-vous... là, tout près de
oi... Je sens mes forces qui s'éteignent;...
nuage couvre ma vue,... je ne vous
stingue plus... Mon père, bénissez vo-
e enfant; et vous, Charles, serrez ma
ain....

— Ma fille! je te bénis, s'écria le baron;
e Dieu.... » Les sanglots ne lui permi-
ent pas d'ajouter un seul mot.

En ce moment le curé de Tieusac en-
t accompagné du chirurgien. « Il n'est
us temps, » dit le baron désespéré....

Le chirurgien s'approcha vivement du
t de la mourante; et, à l'aide de quel-
es gouttes d'une potion, il ranima les
rnières flammes de la vie... « Ministre
un Dieu de miséricorde, dit-il en se
urnant vers le vénérable prêtre, versez
s consolations divines dans cette âme
i va s'envoler; et vous, monsieur le

baron, quittez ce lit funèbre; le râle de la mort va commencer. »

Le capitaine voulut entraîner le malheureux père : « Non, s'écria ce dernier, je n'abandonne point mon enfant; je l'ai tenu dans mes bras à son entrée dans la vie, je lui rendrai le même service lorsqu'il en sort si jeune.... Hélas ! j'espérais recevoir les tristes soins que je lui accorde.... O mon Dieu ! ne m'as-tu rendu ma fille pendant quelques instans, que pour me l'enlever ensuite pour toujours?... Si c'est là ta providence....

— N'achevez pas, s'écria le curé d'un ton imposant; car la douleur et les larmes d'un père, toutes sacrées qu'elles sont, ne pourraient racheter le blasphême affreux que vos lèvres ont été sur le point de prononcer. »

En ce moment, Julie entra dans l'agonie de la mort; cette agonie fut horrible.... L'infortunée lutta long-temps contre les souffrances dont elle était la proie. Ses traits étaient contractés d'une manière affreuse à voir. Les bras tordus, les yeux renversés et roulans dans leur orbite, le corps entier ramassé et replié sur lui-même comme par une force invincible. Enfin, après une heure de tourmens inouis, le ciel prit en pitié la pauvre fille; elle parut soulagée un moment; puis, recueillant ses forces, elle s'écria : « Mon père!.... Charles!.... une larme à ma mémoire.... Grâce!.... grâce, mon Dieu!.... » ce furent ces dernières paroles; elle expira....

Le baron laissa alors éclater le plus violent désespoir : il se jeta sur les restes inanimés de sa fille, et jura de ne s'en plus séparer. Charles, abattu lui-même par la douleur et plus encore par la vue de celle du malheureux père, ne put porter aucun secours au baron. Heureusement le chirurgien était un homme de tête, et il prit les précautions que la prudence inspire en pareil cas. Il ordonna que le corps de Julie fût enlevé et porté loin des yeux de monsieur de Tieusac, qu'il fit reconduire à son appartement. Il engagea Charles à se rendre maître de sa douleur. « C'est le seul moyen, lui dit-il, de sauver le baron de l'excès de la sienne. Allez rejoindre votre oncle, capitaine, et surtout gardez-vous bien de vouloir présenter à son cœur les secours de la philosophie et de la religion, ils seraient impuissans, et, par cela même, cruels. Contentez-vous de pleurer avec lui; les larmes de l'amitié sont les consolations le plus éloquentes. »

Ces sages conseils furent suivis, et parvinrent, sinon à calmer la douleur du baron, du moins à en contenir l'excès, et à le sauver du désespoir. Cependant, la voix sévère de l'honneur parlait hautement au cœur du capitaine; donner des pleurs à la mémoire d'une parente, était un devoir sacré, mais il en existait un plus légitime encore. Courbé sous le poids de l'accusation la plus infamante, Charles se devait, devait à sa famille, à ses amis, et à la mémoire de son père, la justification la plus éclatante. En conséquence, deux jours après la mort de Julie, il entra dans le cabinet du baron pour lui annoncer son prochain départ. Le curé et le chirurgien surtout, avaient particulièrement approuvé cette démarche, la croyant propre à distraire monsieur de Tieusac des funestes images qui l'obsédaient sans relâche.

« Mon cher oncle, dit Charles en embrassant le baron, nous venons de faire une perte irréparable, et il dépend de nous d'en faire une plus irréparable encore. Julie est descendue dans la tombe, nous l'avons pleurée... L'honneur de votre neveu est attaqué par une accusation qui le présente comme un vil assassin; nous courons le défendre!..... Je quitte Tieusac dans une heure; je serai ce soir à Pau, et demain devant le tribunal qui doit me juger.

— Tu n'y paraîtras pas seul; je veux t'accompagner..... Oui, Charles, il faut sauver le seul bien qui nous reste, l'héritage de l'honneur... Partons; je suis prêt à te suivre...

— Ah, mon cher oncle! je n'attendais pas moins de votre généreuse amitié.

— Charles, cette amitié est une consolation pour moi... Mais ne tardons point; il faut d'abord réclamer justice, et rétablir ton honneur injustement outragé. Voilà notre premier devoir; le second...

— Le second, mon oncle?

— Le second est de venger Julie.

— Je le jure.

— Vengeance sur l'assassin de ma fille!

— Vengeance!...

— Partons, mon fils!...

CHAPITRE XXV.

PENDANT que Charles et son oncle déploraient la perte de Julie, ils avaient à Pau, dans la personne de Jacques Morand, un ami des plus chauds et des plus actifs. Le bon receveur n'avait point oublié que c'était au soldat du capitaine qu'il devait la vie, et par amitié pour *Tranquille*, il avait résolu de tout tenter pour servir le capitaine, dont il estimait d'ailleurs le caractère franc et généreux. Non content de s'être porté sa caution, il ne cessait de visiter les puissances, et comme sa longue carrière lui avait donné l'expérience des hommes, il tenait table ouverte, persuadé qu'il était que le ventre est le chemin du cœur. Ses visites et ses dîners réussirent; ils firent beaucoup en faveur de son client; et au moment où Charles arriva à Pau, il trouva plus d'un grave personnage favorablement disposé en sa faveur.

Le premier soin du capitaine fut d'aller remercier le digne receveur du zèle et de l'amitié qu'il avait mis à le servir.

« Je ne pouvais faire moins, capitaine, dit monsieur Morand ; vous êtes un homme d'honneur ; et de plus, votre grenadier m'a sauvé la vie ; vous savez, capitaine, que la vie est quelque chose ?

— Je n'y ai jamais attaché grande importance.

— Très-bien parlé, capitaine, très-bien parlé ;.... c'est-à-dire pour un militaire, car, pour un financier qui sait compter, un et un font deux, et zéro et zéro font zéro ; or, la mort c'est le néant, et le néant c'est zéro. Je parle mathémathiquement, capitaine, et non chrétiennement. Je suis bon catholique, diable ! n'allez pas vous y tromper ;... mais cela ne m'empêche pas de dire que la vie est quelque chose.... Mais où donc est mon brave libérateur ?...

— Je l'ai laissé à notre auberge, où il tient compagnie à mon oncle. Vous connaissez sans doute la perte que vient de faire notre famille, et vous consentirez à rejeter le peu d'empressement de mon oncle à vous visiter, sur la douleur qui l'accable encore trop vivement pour lui permettre de s'acquitter des devoirs de la société?...

— Certainement, capitaine; j'excuse... de plus, je partage vivement le malheur qui est venu vous frapper. J'espère cependant que monsieur le baron de Tieusac me fera quelquefois l'honneur de venir goûter mon vin; et je vous prie, si cela arrive, capitaine, de ne pas laisser le brave *Tranquille* avec les bagages; faites-moi le plaisir de l'amener, j'en aurai beaucoup à le voir et à lui prouver ma vive reconnaissance, elle est bien naturelle; car vous savez, capitaine, que la vie....

— Oui, mon digne ami; je sais, grâce à vous, que la vie est quelque chose. Je sais aussi que vous y attachez un grand prix; cela est juste; vous en faites un si bon usage! »

L'honnête receveur fut extrêmement flatté du compliment du capitaine; il l'embrassa, et lui promit de prouver son innocence au tribunal aussi clairement que deux et deux font quatre. Rassuré par ce serment, et plus encore par sa conscience, Charles fut se constituer prisonnier.

Aussitôt que M. Morand vit son jeune ami sous les verrous de la justice, il ne prit plus un moment de repos. Il assiégea l'hôtel de la préfecture, celui du premier président, la maison des juges, du greffier, les loges des portiers, et prit enfin deux cuisiniers de plus. Malgré toutes ces savantes combinaisons, il est probable que mon cousin serait resté au moins deux ou trois mois en prison, si un événement extraordinaire n'était alors venu changer la face des choses publiques et privées. Le vingt mars établit un pont de l'île d'Elbe à Paris.

A travers le brouhaha causé par une telle construction, et nonobstant toutes les précautions du loyal receveur, le capitaine devait être nécessairement oublié dans sa prison. Heureusement pour lui, la vengeance n'avait pu parvenir encore à chasser son image du cœur d'Eléonore. Cette malheureuse fille, qui ne voyait d'autre moyen pour sauver son amant, que de découvrir aux yeux de tous ce qu'elle nommait sa honte, et qui trouvait cette alternative aussi douloureuse que la connaissance du crime de l'abbé; Eléonore courut à Paris. Le colonel de L*** devait s'y trouver, un tel Séïde ne pouvait manquer d'être auprès de son Mahomet. Son attente ne fut pas trompée; elle trouva le colonel, elle se confia à lui, et en fut servie avec toute la chaleur et la tenacité inséparables du caractère d'un ambitieux qui veut pousser quelqu'un qu'il croit utile à ses vues.

Le colonel, dépositaire des peines d'Eléonore, fut trouver le *héros du maître*, et en obtint la recommandation expresse de faire rendre au capitaine Pointel prompte et éclatante justice.

Sur ce, je me permettrai de faire observer aux lecteurs des aventures de mon cousin, combien le despotisme de Bonaparte était adroit. Il accordait franchement et sans ladrerie une part dans l'immense gâteau dont il s'était emparé, à tous ceux qui, par un dévouement aveugle à sa personne, paraissaient devoir contribuer à lui en assurer la possession durable, et non-seulement il les servait dans leurs intérêts et dans leurs passions, mais encore dans les intérêts et dans les passions de leurs amis ; tout Machiavel s'était emparé de la tête du *soldat-roi*. Quant à son âme.... Mais quel bruit se fait entendre?... Au moment où j'écris ces lignes, le canon anglais du rocher de Sainte-Hélène retentit dans toute l'Europe..... L'homme du *fatalisme* n'est plus.... Que mes ressentimens meurent avec lui! je jette un voile sur son despotisme, et je répands quelques pleurs sur sa tombe. Gloire à ses talens admirables et à son courage! pitié à sa folle ambition; respect enfin à sa cendre... »

Eléonore, munie de la recommandation obtenue par le crédit du colonel de L***, reprit en toute hâte le chemin du Béarn. Ce voyage ne fut pas sans charmes pour elle; calmée par la certitude de sauver Charles, de douces illusions s'approchèrent de son cœur. Il lui sembla plus d'une fois qu'elle pouvait encore ressaisir le bonheur; mais, hélas! ces songes de félicité ne durèrent qu'un moment, et la triste et froide réflexion reprit bientôt le dessus et aggrava ses peines.

Pendant que mademoiselle d'Algéras courait la poste jours et nuits pour chercher des protecteurs à celui dont elle ne pouvait plus être aimée, ce dernier commençait à s'inquiéter des lenteurs de son procès. En vain le baron, M. Morand et le fidèle *Tranquille* lui présentaient l'avenir sous les couleurs les plus riantes;

Charles, qui n'avait aucune notion de philosophie et de métaphysique, ne pouvait se décider à prendre son mal en patience; il soutenait, avec raison peut-être, car l'expérience est en sa faveur, que les gens qui parlaient le plus de philosophie, de sagesse et de résignation, étaient ceux qui mettaient ces vertus le moins souvent en pratique. La philosophie, la sagesse et la résignation, disait-il, forment un luxe que les gens riches et heureux aiment à étaler. Ce sont de belles dorures qui cachent l'argile ou le carton.

Un soir que mon cousin avait bien pesté contre son malheur, contre ses amis et contre ses maîtresses même, qu'il accusait de l'avoir abandonné, le porte-clef lui remit, en apportant son souper, un petit billet ambré qu'il lui recommanda de lire avec attention. Comme je suis sûr de la discrétion de mes lecteurs, je vais leur faire part du contenu de ce mystérieux billet. Le voici :

« CAPITAINE DOM CARLOS POINTEL,

» JULIEN vient d'arriver à Valence, et » m'apprend votre emprisonnement. Je » loue les motifs qui ont dirigé votre con- » duite, quoique j'aie des raisons pour la » croire imprudente. Je sais, à n'en pas » douter, qu'un homme puissant travaille » contre vous ; j'ignore quels moteurs le » font agir ; j'ignore également ce qui a pu » faire accorder au comte d'Algéras et à » l'abbé de la Bletterie la protection de » ce grand personnage. *Frédéric* seul eût » pu vous servir, et je ne doute pas qu'il » ne l'eût fait à la recommandation de » mon amie la *Reyna de la Sierra* pour » laquelle vous avez composé de fort jo- » lis vers, m'a-t-on dit; mais *Frédéric* » est absent; des devoirs sacrés l'appel- » lent en Allemagne, et je reste seule au » monde pour veiller à la sûreté de l'ami » le plus cher et le plus ingrat. Je pars » dans une heure pour la France, et je

» vous sauverai de vos ennemis comme je » vous ai déjà sauvé de vous-même.

» Adieu : comptez sur celle qui n'a ja» mais promis en vain.

» L. de S. L. »

Cette lettre de la persévérante *dona Dédischada* ranima les espérances du capitaine. Ce n'était pas qu'il craignît pour ses jours; le calme de sa conscience le tranquillisait sur les suites de son procès; mais il était enchanté d'avoir de nouvelles preuves de la sollicitude charmante qu'il continuait d'inspirer à son aimable ange-gardien. Le cher cousin avait été tellement gâté par les belles dames qui figurent dans cette histoire, qu'il aurait difficilement pu s'habituer à l'espèce d'abandon dans lequel il avait vécu depuis son séjour à Pau. La mystérieuse épître de la marquise changea donc à ses yeux la face de sa destinée; aussi produisit-elle sur son esprit une toute autre impression que les philosophiques conseils du baron et de

M. Morand. Ces derniers furent fort surpris, le lendemain matin, de trouver leur jeune ami d'une gaîté pour ainsi dire folle. M. Morand se réjouit de ce changement sans vouloir en pénétrer la cause ; mais le baron, qui se piquait du talent de l'observation, ne manqua pas d'en conclure que son neveu n'avait pu résister à l'horreur de sa position, et que le chagrin lui avait tourné la tête. « Le pauvre garçon ! se disait-il en lui-même, on voit bien qu'il n'entend rien à la métaphysique... » Véritablement touché du malheur de Charles, malheur qui ne provenait que de son ignorance, M. de Tieusac forma le projet de ne point le quitter de la journée. Le capitaine accepta avec plaisir la proposition qui lui en fut faite : il ne se doutait pas que cette preuve d'amitié de la part de son oncle allait le mettre dans le plus cruel embarras.

Vers l'heure du dîner, il aperçut le guichetier qui tournait autour de lui, et qui avait l'air de vouloir lui dire quelque chose. Charles s'approcha de cet homme afin de lui donner la facilité de pouvoir l'entendre. A peine fut-il près du porte-clefs, que celui-ci lui dit à voix basse :

« Vous avez lu le billet que je vous ai donné hier?...

— Oui : eh bien?....

— Eh bien!... la belle dame qui me l'a remis va venir vous voir.

— Me voir! est-il bien vrai?...

— Chut!... chut!.. Au diable l'amoureux, ajouta le geolier; il a attiré tous les regards sur moi. »

Le capitaine se promit d'être plus circonspect, et suivit négligemment le geolier, dont il voulait obtenir de plus amples renseignemens. Le malin guichetier évita pendant quelque temps la rencontre du capitaine, et sembla prendre plaisir à faire la sourde oreille, voulant, à ce qu'il paraît, punir le peu de prudence de son prisonnier. Il se laissa fléchir enfin, et Charles put l'aborder.

« Elle va venir, dites-vous?...

— Oui.

— Mais comment a-t-elle pu obtenir la permission de pénétrer jusques à moi?... »

Le guichetier, pour toute réponse, regarda Charles en souriant; puis, portant un doigt vers l'une de ses poches, il frappa légèrement dessus, et fit retentir un son argentin.

« Je comprends, reprit le capitaine; mais ne tremblez-vous pas, mon ami, de vous compromettre?...

— Si fait, parbleu! c'est ma seule crainte.

— Comment avez-vous donc osé.... »

Le guichetier exécuta la même pantomime qu'auparavant. « Capitaine, voilà la réponse à tout... Mais on nous regarde, et je n'ai que le temps de vous donner un dernier avis : Faites attention à celui qui vous portera à dîner, et surtout soyez prudent. »

A ces mots, le geolier s'éloigna. *Faites attention à celui qui vous portera à dî-*

ner, répéta Charles en le suivant des yeux.... que signifie cet avertissement?... la marquise serait-elle assez.... »

Le mot qui dut se présenter à l'idée du capitaine fut sans doute celui de *folle*, mais comme il n'acheva pas la phrase, je ne puis prendre sur moi de l'assurer au lecteur; tout ce que je peux faire, est de lui apprendre que la lacune laissée par ce mot, fut remplie par un soupir qui, d'après toutes les règles du sentiment, était bien loin de dire la même chose. Ce qui me porte à le croire, c'est que mon cousin fit tout ce qu'il put décemment pour dégoûter M. Morand et son oncle de l'envie de partager son mauvais dîner. Le receveur se serait rendu sans peine aux desirs du capitaine, si le baron, qui ne regardait pas tout-à-fait comme un malheur le désagrément de prendre sa part d'un mauvais repas, ne se fût obstiné à vouloir partager ce qu'un bon bourgeois de la rue Saint-Louis, au Marais, nomme éloquemment la fortune du pot. Force fut donc au pauvre Charles de faire contre fortune bon cœur, et en conséquence, il appela à son secours toute la résignation et la prudence que le ciel lui avait données en partage.

L'heure de ce dîner si redouté arriva enfin, et le bruit des clefs du guichetier se fit entendre. L'honnête cerbère, en entrant dans la chambre du capitaine, jeta un regard de mécontentement sur le baron et le receveur; puis, s'approchant de Charles, il mit les deux doigts sur sa bouche en signe de silence. Ces précautions prises, il appela à haute voix *l'Espérance*. « Allons, paresseux, entre donc, » ajouta-t-il.

A ce dernier commandement, un jeune homme de seize à dix-huit ans environ, entra chargé de plusieurs plats. La figure de l'apprenti geolier était tellement barbouillée, qu'il eût été difficile de saisir l'ensemble de sa physionomie, d'autant plus difficile, qu'un large bonnet, gras, bien enfoncé sur sa tête, lui couvrait la moitié du visage.

« Voilà un joli Ganimède, s'écria en riant le bon receveur; cependant je doute qu'il eût été admis à l'honneur de desservir la table des Dieux.

— Il y a cependant peu de rois, reprit le guichetier du même ton, qui puissent se flatter d'avoir des échansons aussi bien tournés que mon élève, et pas un seul qui ne préférât l'*Espérance* à tous les habits brodés de l'antichambre.

— L'Espérance ?....

— Oui, M. Morand; tel est le nom de guerre de mon élève... Il a voulu le prendre afin de rappeler aux prisonniers qu'il n'est pas de situation désespérée.

— C'est une attention très-délicate, dit le capitaine, qui comprit parfaitement l'allusion du guichetier, et, pour ma part, j'en suis très-reconnaissant... Tiens, mon cher l'*Espérance*, voilà pour t'en récompenser. »

A ces mots, Charles présenta la main au jeune geolier comme s'il eût voulu lui remettre une gratification, et lui serra doucement la sienne. Le baron et M. Morand remirent également une récompense à l'étranger; ce dernier la reçut en s'inclinant avec respect, mais il la plaça presqu'aussitôt dans l'énorme poche du guichetier: le baron s'aperçut de l'action du jeune homme : Ho ho! que signifie ceci? s'écria-t-il....

— Cela ne doit pas vous étonner, M. le baron, se hâta de répondre le geolier, mon petit camarade se conduit en loyal confrère, et sait que notre usage veut que tous les profits aillent grossir la bourse commune.

— Il en est cependant que je garderai, pour moi seul, s'écria l'*Espérance* en portant à ses lèvres la main que Charles avait serrée.

— C'est bon, c'est bon, petit intéressé, reprit le guichetier, nous vous ferons rendre gorge.... Mais au lieu de bavarder, aide-moi plutôt à desservir le table de ces messieurs. »

En parlant ainsi, le geolier s'empara

d'une pile d'assiettes, et fut les placer dans le panier de la desserte. *L'Espérance* tira la table et voulut la remettre à sa place ordinaire. Charles, sous prétexte d'aider le jeune guichetier, la saisit par un des bouts, et aida à la transporter; puis, profitant de l'éloignement de son oncle et de M. Morand, il lui dit : Ah, senora! comment pourrai-je reconnaître la généreuse amitié qui n'a cessé de veiller sur moi?... »

Dona Dédischada garda le silence.

— Ah! croyez bien, ajouta le capitaine, que mon cœur n'est point ingrat : non, jamais je n'oublierai l'ange des Pyrénées.

— Vous avez bien oublié la Valencienne?

— Dieu m'est témoin....

— Point de sermens, capitaine, ils ne me portent pas bonheur... Adieu; ne vous couchez pas; à minuit vous serez libre. »

Cela dit, *dona Dédischada* disparut.

« A minuit vous serez libre ! » répéta le capitaine en la suivant des yeux. Ah ! quelle que soit votre puissance et votre adresse, je ne dois quitter cette prison que lorsqu'un jugement solennel aura lavé mon honneur outragé... Un sort cruel me force à rejeter les preuves de l'attachement le plus vrai... Il faut que je paraisse ingrat, que je déchire peut-être le cœur le plus tendre... cette situation est affreuse...

— Qu'as-tu donc, mon neveu ? dit le baron en interrompant les tristes réflexions du capitaine ; tu parais abattu, consterné ? aurais-tu appris quelques mauvaises nouvelles, ou ta santé souffrirait-elle de la réclusion un peu prolongée à laquelle te condamne la lenteur de la justice ?...

— Je n'ai, mon cher oncle, reçu aucun nouveau sujet de crainte touchant la malheureuse affaire qui me retient ici. Quant à ma santé, je ne vous cacherai pas que j'éprouve une espèce de malaise et un grand besoin de sommeil...

— Eh ! que ne parlais-tu plus tôt, mon

cher enfant! nous t'aurions laissé reposer..... Allons, M. Morand, prenons congé du prisonnier. Aussi bien avons-nous plusieurs visites à rendre aujourd'hui, et nous ne ferons pas mal d'employer utilement pour mon neveu le reste d'une journée que nous lui avons consacrée.... Bonsoir, mon ami; à demain.

— Bonsoir, mon cher oncle.

— A demain, capitaine, ajouta le bon receveur, et j'espère que nous ferons un déjeûner meilleur que le dîner d'aujourd'hui. »

Resté seul, mon cousin, au lieu de dormir, ou tout au moins de s'occuper du menu de la carte du lendemain, se mit à rêver à *dona Dédischada*, à Eléonore, et surtout à la charmante *Reyna de la Sierra*. J'ignore au juste de quelle manière il distribua dans sa tête la destinée de ces aimables femmes; ce que je sais, c'est que ses châteaux en Espagne l'occupèrent assez agréablement pour lui faire gagner minuit sans dormir. Cette heure solennelle venait de sonner à l'horloge de la prison, lorsque Charles fut tiré de ses rêveries par un léger bruit qui se fit entendre dans le corridor où était située sa chambre : il prêta l'oreille, et bientôt une clef introduite dans la serrure de sa porte lui prouva que les promesses de *dona Dédischada* allaient s'accomplir.

— J'étais bien sûr de vous trouver éveillé, dit le guichetier en entrant doucement : allons, capitaine, le temps presse et la nuit est belle, profitez-en ; pour prendre le grand air, je vais vous donner la volée.

— Je ne puis consentir à vous compromettre ; ma fuite vous perdrait.

— C'est mon affaire, et non la vôtre.

— Songez donc que la loi est précise, et que les peines les plus terribles sont le prix de l'infidélité d'un geolier.

— S'il me plaît d'en courir les risques, de quoi, diable, vous mêlez-vous ?...

— Mon devoir exige que je vous prévienne des châtimens qui vous attendent.

— Me voilà prévenu....

— Mais réfléchissez...

— J'ai réfléchi, et je persiste... Allons, suivez-moi.

— Je ne le puis.

— Comment ?...

— Que dirait-on de moi si je m'enfuyais ?...

— On dirait que vous êtes un gaillard heureux et adroit... Après ?...

— Et mon honneur ?...

— Votre honneur ? bon ! quel conte ! songez donc qu'il s'agit de recouvrer la liberté.

— Oui ; mais si je fuis, on me croira coupable ?

— Eh ! que vous importe ? vous vous moquerez de vos juges et des mauvaises langues.

— Il m'importe beaucoup : je reste ici....

— Ha çà, que dites-vous, capitaine ?

— Je reste ici, vous dis-je...

— C'est bien décidé?...

— Très-décidé.

— Corbleu! voilà bien le plus sot scrupule.... Pardon, capitaine; mais en vérité vous me feriez donner au diable.... Il faut convenir que je joue de malheur... Depuis dix ans que je suis geolier de cette prison, j'ai gardé malgré eux mille prisonniers qui ne demandaient pas mieux que d'avoir la clef des champs, et lorsque je m'avise d'avoir de l'humanité, je trouve un homme qui me refuse! et quel homme encore!... un joli garçon dont la tête branle sur les épaules!.... Tenez, capitaine, je vous le dis franchement, votre conduite est celle d'un fou.

— D'un honnête homme, geolier.

— Soit, c'est la même chose... Ha çà, une fois, deux fois, voulez-vous déménager?...

— Je vous ai déjà dit que cela m'était impossible.

— Trois fois, persistez-vous dans votre projet?...

— Oui, oui et oui.

— Que cinq cent mille verrous se ferment à jamais sur moi, si j'ai jamais vu un homme plus.... moins.... Mordieu, capitaine, vous êtes dur en diable, et je ne méritais pas cela.

— Quel tort ma conduite peut-elle vous causer?...

— Comment, quel tort!... savez-vous que j'ai reçu cinquante napoléons pour m'engager à vous rendre un service?...

— Eh bien! gardez-les.

— C'est bien mon intention... Savez-vous de plus qu'il m'en a été promis quatre cent cinquante autres, entendez-vous, capitaine, quatre cent-cinquante autres, si j'ouvre la porte de votre prison?... Vous concevez maintenant, j'espère, que votre belle délicatesse peut me faire manquer l'affaire la plus lucrative... Mille bastilles! il ne sera pas dit que je perdrai une si ronde somme!... J'ai fait marché à quatre cent cinquante napoléons pour vous ouvrir la porte de votre prison, voilà mon engagement rempli, et j'ai gagné mon argent..... Maintenant, capitaine, pour la dernière fois de toutes, voulez-vous me suivre, oui ou non?...

— Non...

— Non? Eh bien! que le ciel.... que le diable.... Puisqu'il en est ainsi, je pars tout seul; et j'espère que vous, qui vous piquez d'honneur, vous voudrez bien, capitaine, me rendre justice auprès de la dame que vous connaissez, en déclarant que j'ai rempli fidèlement les conditions du marché? Adieu, capitaine : si pour être honnête homme il faut agir comme vous, je prie mon bon ange de me faire la grâce de ne jamais vous ressembler.»

A ces mots, le guichetier disparut, en laissant la porte de Charles toute grande ouverte, et en semant ses clefs dans les corridors.

Le lendemain matin, ces clefs semées, ces portes ouvertes, ne manquèrent pas de produire le plus grand charivari. Concierge, geoliers, soldats, gendarmes, tous les cerbères furent en mouvement. On visita avec soin les chambres des prisonniers, et, à la grande surprise de chacun, on trouva ces derniers au complet. Bientôt il ne fut bruit dans la ville que du capitaine Charles Pointel, qui, pouvant fuir, avait préféré attendre le jugement qu'on devait porter sur lui. Ce calme, cette conduite, firent plus en sa faveur que le plus éloquent plaidoyer : il n'y eut pas un citoyen, j'en excepte cependant cinq ou six, bien connus alors, et maintenant encore, pour la générosité de leurs opinions, il n'y eut pas un citoyen, dis-je, qui ne proclamât hautement l'innocence de mon cousin. Les juges eux-mêmes, tout impassibles qu'ils étaient, ne purent se défendre d'un préjugé favorable en faveur du capitaine; cependant, il est convenable d'ajouter que ces magistrats ne se seraient point tant hâté de mettre mon cousin en liberté, si la recommandation impérative de l'*empereur*, arrivant sur ces entrefaites, n'eût fait au moins autant que la faveur publique.

En conséquence, le nommé Charles Pointel, ex-capitaine de la garde impériale, fut déclaré innocent du crime à lui méchamment imputé, et le nommé Albert de Cézas, abbé de la Blettèrie, fut sommé de comparaître pour se voir et ouïr condamner.

Chacun applaudit à cet arrêt, mais personne ne le fit d'aussi bon cœur que le bon et fidèle *Tranquille*... Je me trompe, il se trouva un,... deux,... trois,... quatre... Heureux cousin! il se trouva quatre cœurs qui ressentirent plus vivement que toi la joie de ta délivrance.

CHAPITRE XXVI.

Il n'y avait pas deux heures que Charles habitait la maison de monsieur Morand, que déjà la moitié de la ville s'était fait inscrire à la porte de l'honnête receveur. A travers toutes ces félicitations vraies ou fausses, le capitaine trouva deux lettres qui l'intéressèrent vivement; la première était de *dona Dédischada*; elle lui annonçait que le voyant débarrassé de ses ennemis, elle allait repartir pour l'Espagne; et elle lui disait adieu pour long-temps ou pour toujours. L'autre lettre était du colonel de L***, et je vais en rapporter ici le contenu, parce qu'il est très-important, qu'il nécessita de graves discussions dans la famille Pointel, et qu'il faillit avoir une bien triste influence sur la destinée de mon cousin.

Lettre du Colonel de L*** *au Capitaine* CHARLES POINTEL.

» MON CHER CAPITAINE,

» Un être à qui vous êtes toujours bien » cher, vient faire deux cents lieues pour » m'apprendre l'horrible situation où vous » vous trouvez. Voilà donc où vous ont » conduit vos liaisons avec la famille d'Al- » géras!... la prison et la perspective de » l'échafaud!... Vous conviendrez, mon » ami, que c'est payer bien largement le » romantique bonheur d'aimer et d'être » aimé!... Je plaisante, capitaine, parce » qu'au moment où vous recevrez ma let- » tre, bonne et éclatante justice vous aura » été rendue. Dites maintenant du mal de » *mon héros!* c'est à lui que vous devez » la liberté et l'honneur. Je sais bien que » vous lui demandez encore une autre *li-* » *berté*, vous et les romanesques admira- » teurs des constitutions libérales; mais

» on ne peut tout accorder à-la-fois ; es-
» pérez. En attendant, je vais vous offrir
» les moyens et de prouver votre recon-
» naissance au grand homme, et de ser-
» vir votre patrie.

» Il ne faut pas nous aveugler, capi-
» taine ; la France est menacée d'une
» guerre terrible. L'Europe, conjurée en
» apparence contre le pouvoir de Napo-
» léon, mais en réalité contre la puissance
» de notre pays, habilement mise en ac-
» tion, va se déchaîner contre nous. Le
» moment est venu d'oublier nos dissen-
» sions intérieures ; il faut, avant tout,
» écraser l'étranger ; quitte à nous battre
» entre nous après, pour savoir qui aura
» raison.

» Elevé au grade de général, je n'ai
» point oublié mon ancien ami, encore
» moins sa bravoure et ses talens. J'ai
» donc voulu les utiliser, je l'ai dû même.
» Vous trouverez ci-joint un brevet de
» colonel, et la mission honorable et dé-
» licate d'organiser la jeunese du Béarn

» en bataillons de tirailleurs. Personne, » mon cher colonel, ne pouvait s'acquit- » ter mieux que vous d'un emploi aussi » difficile et aussi important. J'ai répondu » de vous à mon maître. Adieu, colonel; » nous nous reverrons bientôt au champ » d'honneur.

» Votre ami dévoué,

» LE GÉNÉRAL DE L***. »

La lettre du général de L*** fit naître, comme je l'ai déjà dit, de graves discussions dans la famille de mon cousin. M. Morand fut d'avis que le capitaine acceptât: le baron ne partagea point cette opinion; il ne pensait pas, comme le bon receveur, que tout homme dût obéir au gouvernement de fait, et cela pour vingt-deux raisons; la première, parce que le fait n'est pas le droit; la seconde, parce que mon cousin Charles était la seule et unique ressource qui lui restât pour perpétuer à jamais la race des *Pointel*; la troisième... j'ose croire, lecteur bénévole, que vous me dispenserez de la troisième et des suivantes, en considération de la première et de la seconde, qui, à mon avis, sont sans réplique, et tout-à-fait péremptoires. Quant à *Tranquille*, il ne fut pas consulté, mais son avis fut, autant que je puis le supposer, qu'il fallait casser jambes, têtes et bras à quiconque entrerait en France pour houspiller nos femmes et boire notre vin, choses dont nous nous acquittons passablement nous-mêmes.

A travers ces avis différens, le capitaine prit un terme moyen; il résolut de se battre pour la France et contre Bonaparte; en conséquence, il mit tous ses soins à inculquer à la jeunesse béarnaise placée sous son commandement, l'amour de la patrie et la haine du despotisme. « L'amour de la patrie, leur dit-il, produit la liberté; la liberté produit l'aisance, la joie et la santé; » et il leur expliqua comment cela se faisait. Il eut véritablement beaucoup à se louer de ses peines; car, sur cinq mille quatre cent cinquante-huit tirailleurs qu'il enrégimenta, il s'en trouva cent vingt-deux qui comprirent le quart de ce qu'il disait; quatre-vingt-sept, le tiers; cinquante et un, la moitié; vingt-neuf, les trois-quarts, et six, la totalité ou à-peu-près. Après cela, qu'on vienne dire que les Français ne sont pas à la hauteur du siècle !...

Tandis que mon cousin dressait, sermonnait, éduquait la jeunesse béarnaise, Bonaparte marchait, donnait et perdait la fatale bataille de Waterloo. Ce ne fut pas la faute de la valeur française... Quoi qu'il en soit, les Anglais envahirent le nord de la France, et les Espagnols le midi. Dans ces conjonctures, Charles ayant appris la seconde et ridicule abdication de Bonaparte, résolut de se battre vigoureusement contre les Espagnols; espérant bien qu'on ne l'accuserait pas alors de prendre le parti de l'*empereur*. Il marcha donc à l'ennemi, et eut quelques affaires d'avant-postes, dans lesquelles les soldats-citoyens eurent l'avantage. Malheureusement, son ami le général de L*** arriva sur ces entrefaites, et prit le commandement de la petite armée basque. Le général de L***, à l'exemple du héros son maître, n'entendait rien à la guerre nationale, vulgairement appelée petite guerre. Au lieu de parler à ses jeunes levées de patrie et de liberté, mots qui sont toujours entendus, bien que rarement compris, il ne les entretint que de gloire, de drapeaux et d'empereur; aussi fut-il battu à la première rencontre. Cet échec ne le découragea pas; il remarcha à l'ennemi, et livra un combat opiniâtre dans lequel il fit plusieurs prisonniers. Au nombre des prisonniers se trouvèrent plusieurs Français, et parmi ces derniers, le comte d'Algéras et l'abbé de la Bletterie.

L'inflexible général ne manqua pas l'occasion de déployer toute la rigueur militaire. Il fit assembler un conseil de guerre, et les Français pris les armes à la main furent condamnés à la peine capitale. Le comte et l'abbé, effrayés de la tournure que prenaient les choses, demandèrent à être présentés au général, déclarant avoir des communications importantes à lui faire. Conduit au bivouac du commandant en chef, leur surprise et leur effroi furent sans égales lorsqu'ils reconnurent dans son premier lieutenant ce Charles Pointel, si indignement outragé par eux. Toutefois la vue du général de L*** leur fit concevoir quelques espérances. Ils pensaient que l'homme qu'ils avaient vu dans plusieurs salons, et dont le caractère facile s'était prêté à mille plaisanteries, ne voudrait pas se compromettre, en faisant exécuter à la rigueur la sentence d'un tribunal militaire que bien des gens regardaient, et avec raison peut-être, comme incompétent. Enfin, le général L*** n'était probablement point instruit, ou l'était mal, des griefs de Charles : ils abordèrent donc leur ancienne liaison avec assez d'aisance.

« Colonel, dit l'abbé en s'efforçant de rire, je me félicite pour ma part d'avoir insisté pour être présenté au commandant en chef. Au moins je suis ici en pays de connaissance, et j'espère, colonel, que vous me ferez l'honneur de me remettre?

— Pourquoi me nommer sans cesse colonel? répondit brusquement le général; ne voyez-vous pas à mes épaulettes que je suis d'un grade supérieur?...

— Pardon, général! reprit l'abbé avec un peu d'embarras; vous devez savoir que mon état excuse mon ignorance.

— Soit; mais votre compagnon?... Au surplus, que me voulez-vous?... parlez?...

— Nous appelons, dit monsieur d'Algéras, du jugement d'un tribunal irrégulier, à la justice et à la prudence de monsieur de L***; vous n'ignorez pas, général, que les alliés sont entrés à Paris, et qu'avant deux jours les troupes réunies sous votre commandement seront licenciées en vertu d'ordres supérieurs, auxquels il serait dangereux pour vous de désobéir. Songez enfin que le service que nous vous demandons aujourd'hui, vous pourrez le réclamer demain de nous.

— Cette dernière supposition serait une

injure cruelle, reprit le général, si de misérables tels que vous pouvaient m'insulter. Quelque chose qui puisse arriver, je ne transigerai jamais avec la trahison et la lâcheté..... Préparez-vous, messieurs, à mourir mieux que vous n'avez vécu... Le soleil d'aujourd'hui est le dernier que vous verrez.... Colonel Charles Pointel, avez-vous commandé le peloton de fusiliers?...

— Il doit l'être, général; mais permettez-moi une observation?...

— Je n'en souffrirai aucune, colonel, si elles ont pour but de prolonger les jours de ces deux traîtres.

— Veuillez cependant réfléchir, général, que quelque coupables que les prisonniers soient envers la France, leur juste condamnation pourra, dans les circonstances difficiles où nous nous trouvons, compromettre gravement les membres qui composaient le conseil de guerre.

— Qu'importe? la crainte de la mort ne doit point nous empêcher de faire notre devoir. Soldats, emmenez les prisonniers.

— Un mot encore, général....

— Es-ce bien vous, colonel Pointel, qui pouvez prendre la défense de gens aussi infâmes, vous qu'ils ont voulu assassiner, déshonorer!...

— C'est précisément pour ce motif que j'insisterai particulièrement pour qu'il leur soit accordé un sursis, il m'est permis de consulter ici l'intérêt de mon honneur. Je suis intéressé à ce qu'un jugement public et solennel confonde les accusations de mes calomniateurs; j'ai Julie, Eléonore et moi-même à venger; mais ma vengeance doit être digne d'elles et de moi.

— N'ajoutez pas un mot, colonel; les noms de Julie et d'Eléonore si indignement outragées, me rappellent l'éclatante punition que mérite leurs assassins. Je ne souffrirai pas qu'ils m'échappent, et aillent jouir avec impunité du fruit de leurs crimes. Mort et malédiction sur eux!.... Soldat, emmenez les prisonniers.... »

Le comte et l'abbé, accablés sous le poids de leur conscience, ne purent trouver une seule excusepour pallier l'odieux de leur coupable conduite. Ils sortirent, et gagnèrent, la pâleur du crime sur le front, la chaumière où ils devaient être gardés à vue jusqu'au moment de leur exécution. Charles, en les voyant entrer dans leur dernière demeure, ne put s'empêcher de pousser un profond soupir. Ce n'était pas qu'il gémît sur la destinée rigoureuse, mais juste, de ses implacables ennemis. Il ne pouvait accorder des regrets à de pareils hommes!... aussi n'était-ce que sur Eléonore qu'il pleurait. Semblable au vent du désert, son amour avait anéanti cette belle fleur. Elle avait tout perdu par lui, bonheur, réputation, espérance, et il allait encore lui ravir son père.... Cette idée lui devint insupportable; et, quelque chose qui dût en arriver, il résolut de soustraire le comte d'Algéras au sort qui lui était réservé.

Le comte et l'abbé, ainsi que je l'ai

déjà dit, avaient été confinés, eux et plusieurs autres transfuges, dans une chaumière voisine du camp, et sous la garde d'un détachement de soldats dévoués. Le commandant de ce petit poste se trouvait être un officier béarnais, que la reconnaissance et l'amitié attachaient au capitaine; Charles résolut de profiter de cette circonstance, et du pouvoir que lui donnait son grade, et l'estime que son caractère inspirait, pour mettre M. d'Algéras en liberté. Ils se présenta donc au milieu de la nuit à la demeure des prisonniers, et annonça avoir à en tirer plusieurs renseignemens d'une grande importance. Il fut introduit sans difficulté.

Les prisonniers étaient accroupis dans les différens coins de la cabane, et paraissaient livrés à un sommeil qui, quoique extraordinaire dans leur position, était cependant motivé par l'extrême fatigue dont ils étaient tous accablés. Du reste, comme le dit fort bien le rusé *Dady-Rat*, un des personnages de la prison d'Edimbourg, si l'on ne dort guère la nuit qui précède son jugement, en revanche on peut fort bien dormir la nuit qui nous sépare de notre exécution, et cela parce qu'alors notre sort est décidé, et que de toutes les épreuves qui assaillent le courage de l'homme, l'incertitude est celle que son faible cœur peut le moins bien supporter.

— Comte d'Algéras! dit le capitaine en s'avançant doucement, comte d'Algéras!....

— Qui appelle? répondit à voix basse un homme en soulevant son manteau....

— Un ennemi dont vous avez attaqué la vie, blessé l'honneur et empoisonné la parente.

— Charles Pointel!....

— Lui-même, comte; lui-même, qui, malgré tous vos crimes, vient donner la vie au père d'Eléonore..... Couvrez-vous de ce manteau, et suivez-moi en silence. »

L'abbé, car c'était lui que mon cousin prenait pour le comte, obéit avec empressement à l'ordre qui lui était donné. Il s'enveloppa soigneusement du manteau militaire que Charles avait jeté à ses pieds, et se tint prêt à suivre le libérateur que le hasard lui envoyait d'une manière si inopinée.

Je puis certifier sur l'honneur que l'âme ingrate du moine n'adressa ni un regret à l'ami dont il prenait le nom, ni une action de grâces au généreux ennemi qui l'arrachait à une mort inévitable. Bien au contraire, l'égoïste abbé ne forma que deux vœux, qui furent que l'ami dont il volait l'existence ne se réveillât de deux heures, et que la fortune lui présentât l'occasion de perdre l'homme qui le rendait à la liberté et à la vie.

« Marchons, dit le capitaine, et sur votre vie gardez-vous de prononcer un seul mot. »

L'abbé se contenta de baisser la tête en signe d'adhésion ; puis il s'avança sur les pas de Charles, et gagna la porte de la chaumière. Le capitaine s'arrêta alors, et parla quelques minutes avec le commandant du poste; cela fait, il invita de nouveau l'abbé à le suivre, et s'éloigna à grands pas de la prison. Après un quart-d'heure de marche, il se retourna vivement vers son prisonnier, et lui dit : « Comte, vous êtes libre!.... Eléonore vous rend par mes mains la vie qu'elle a reçue de vous. Adieu : puissent ses vertus et votre repentir désarmer un juge plus terrible! »

A ces mots, Charles disparut, et laissa l'abbé au milieu d'une plaine déserte. Le prudent moine, craignant qu'un nouveau hasard ne le refît tomber au pouvoir du général de L***, marcha toute la nuit, et ne s'arrêta que lorsqu'il fut arrivé à C***; alors il prit quelques heures de sommeil, puis courut promptement dénoncer aux autorités royales le général de L*** et son lieutenant le colonel Charles Pointel.

Tandis que l'abbé remplissait ainsi sa malfaisante vocation, le comte d'Algéras et ses compagnons d'infortune marchaient au supplice.

CHAPITRE XXVII.

Satisfait d'avoir acquitté, en sauvant la vie de celui qu'il prenait pour le comte d'Algéras, la dette qu'il avait contractée envers Eléonore, le capitaine regagna doucement son bivouac. Au point du jour, il se rendit auprès du général pour lui faire part des différens bruits qui circulaient dans le camp. Comme il abordait le général, une décharge de mousqueterie lui annonça que les prisonniers condamnés par le conseil de guerre venaient de subir leur jugement.

« Tout est fini maintenant pour eux dans ce monde, dit Charles.

— Oui, tout, reprit froidement le général de L***, et il ne reste plus que le souvenir de leurs crimes et de la justice qui en a été faite... Mais cessons de nous occuper de ces misérables... Quelles nouvelles, colonel?...

— Il en circule de fort extraordinaires. On dit que l'ordre de licencier tous les corps est arrivé, et qu'il va nous être transmis par le préfet du département.

— Que faire, colonel?...

— Obéir....

— Quelle est l'opinion des soldats?....

— Au milieu des événemens qui arrivent, il leur serait difficile d'en avoir une bien fixée; d'ailleurs le découragement et la méfiance se sont emparés de tous les cœurs.

— D'où vient cet esprit de vertige?....

— Chacun sent qu'il n'y a point d'union, les espérances étant tournées vers des buts différens.

— Ainsi donc vous croyez, colonel, que les soldats n'opposeront aucune résistance au licenciement commandé?....

— Aucune; et vous pouvez être certain qu'aussitôt l'ordre proclamé publiquement, vous ne pourrez pas retenir cinquante hommes sous les drapeaux.

— Je veux attendre l'événement pour y croire; jusque là souffrez, colonel, que je ne désespère pas de la patrie. »

Charles ne voulut rien répondre au général. Ce n'est pas qu'il n'eût pu lui donner de fort bonnes raisons pour appuyer ce qu'il avançait; il aima mieux laisser aux événemens le soin de justifier la connaissance qu'il avait de la situation de son pays. Les prédictions ne se réalisèrent que trop promptement. Le jour même la nouvelle officielle du changement de gouvernement et des principaux actes qui en émanaient, parvint en Béarn. Ceux qui hésitaient encore se hâtèrent de prendre leur parti; il fallut se soumettre, ou fuir.

Le général de L*** fit tout ce qui dépendait de lui pour s'opposer au découragement général. Il pria, menaça; ce fut en vain, rien ne put arrêter la dislocation terrible qui s'exécutait, et avant la fin du jour il se trouva général sans armée, et maître sans serviteurs. « C'en est fait, dit-il à Charles, les destinées de la France sont accomplies.... Ne pouvant plus rien pour la patrie, il doit nous être permis de penser à nous..... Où nous retirons-nous, colonel?.....

— La frontière d'Espagne est voisine, et je crois que le mieux que nous puissions faire est de gagner ce pays.... de là nous passerons en Angleterre ou en Amérique, jusqu'à ce que les passions soient calmées, et permettent de ne pas confondre dans le même anathême le dévouement à la patrie et la rébellion.

— Je conçois vos espérances, capitaine, mais je ne puis les partager, moi qui, soit à tort, soit à raison, n'ai jamais voulu consentir à séparer les intérêts de l'*empereur* de ceux des Français.... J'ai trop fait pour lui; j'ai trop fait contre ses successeurs pour croire jamais ma tête en sûreté. La chute de mon maître est l'arrêt de ma mort, ou de mon exil éternel... Quel que soit le sort qui m'est réservé, je ne veux ni regretter mon dévouement, ni renier ma reconnaissance, je mourrai comme j'ai vécu.

— Ces sentimens ennoblissent votre erreur... Espérez, mon cher général; si la justice vous condamne, la clémence pourra vous absoudre.

— Colonel, *justice* et *clémence* sont des mots rayés depuis long-temps du dictionnaire des rois. La politique, voilà leur seule boussole; mais ne perdons pas à discourir un temps précieux et fugitif; partons, et veuille l'aveugle fortune nous protéger! »

Charles approuva beaucoup la résolution de son ami; et tous deux, après s'être muni de quelques effets précieux, et avoir quitté leurs uniformes, montèrent à cheval. « *Tranquille* s'exile-t-il avec nous? demanda le général de L*** en apercevant le soldat qui enfourchait gaîment son coursier.....

— Général, cela ne se demande pas...

Où allons-nous, mon colonel? ajouta le vieux guerrier se retournant aussitôt vers Charles.....

— Vers les Pyrénées et la maisonnette de Julien.

— Il suffit, mon colonel... En avant!...

— Pourquoi me nommer colonel?... tu sais, mon cher *Tranquille*, que ce titre nem'appartient plus.

— Comment cela, mon colonel?... ne l'avez-vous pas mérité par vos services?... n'en avez-vous pas le brevet expédié en bonne forme?...

— En bonne forme!... soit; mais je renonce à tous les grades et à toutes les dignités... Fais-moi le plaisir de ne plus me donner des titres qui....

— Impossible, mon colonel, impossible... songez donc qu'il est absolument nécessaire que la *lievrachie* militaire existe, comme le disait le général dans ses proclamations... D'ailleurs, si vous renoncez au grade de colonel, il faut que j'abandonne celui de sergent que je dois à vos bontés; et en vérité, mon colonel, cela me serait bien pénible, vu que je pense l'avoir mérité.

— Tu as raison, mon ami, il y aurait de la barbarie à te priver... Sergent *Tranquille*, vous formerez notre avant-garde...

— Bien parlé, mon colonel, s'écria le défenseur de la *lievrachie* en se frottant les mains : en avant donc!... »

En prononçant ces paroles, le sergent donna de l'éperon à son cheval, et prit au galop la route des Pyrénées.

« Voilà un de mes plus fidèles amis, dit Charles au général.

— Un de vos plus fidèles amis, colonel! il faut que vous soyez bien heureux pour pouvoir mettre plusieurs personnes sur la même ligne que le brave *Tranquille*. Quant à moi, si l'attachement s'achetait, je paierais bien cher un pareil serviteur. »

En formant ce dernier vœu, le général de L*** ne put s'empêcher de soupirer ; l'âme stoïque de l'ambitieux était ébranlée par les événemens qui venaient d'avoir lieu, et comme cette âme conservait encore, malgré le frottement du matérialisme, une certaine portion de sensibilité et de grandeur, elle se reportait, déshéritée de ses espérances de gloire et de fortune, vers les véritables biens de la vie, l'amour et l'amitié.

Mon cousin, qui avait du tact et de la délicatesse dans l'esprit, sentit parfaitement que tous les raisonnemens possibles auraient beaucoup moins de pouvoir pour charmer les peines de son ami, que le vague de la rêverie dans laquelle il se trouvait plongé. Charles se garda donc bien de répondre au général; il l'abandonna à son bon génie, et aux premiers sentimens de sa jeunesse, qui paraissaient se réveiller en son cœur.

Cependant la nuit était arrivée, et nos voyageurs approchaient d'un village, lorsque *Tranquille*, qui, suivant l'ordre de son colonel, avait formé l'avant-garde, vint se replier sur le corps d'armée. Le

Le soldat semblait ému, et Charles comprit de suite, à son silence, qu'il était porteur de quelque mauvaise nouvelle.

« Eh bien, sergent!... qu'avez-vous à nous apprendre?...

— Pas grand'chose de bon, mon colonel : les avenues du village sont occupées par des gens armés.

— Nous n'avons rien à craindre d'eux, dit le général.

— Pardon, mon général, reprit *Tranquille;* j'ai entendu quelques mots qui me font croire que l'on cherchait à s'assurer de personnages marquans... mais tenez... entendez-vous le tocsin?... »

Chacun écouta, et le lugubre son d'alarme vint retentir à leurs oreilles.

« Où sommes-nous, *Tranquille?...*

— A B***, mon colonel.

— Rien n'est encore perdu.... c'est ici que demeure un ancien commis de mon père... un fort honnête homme, qui s'empressera, j'en suis sûr, d'offrir un asile au fils de son bienfaiteur; hâtons-nous de gagner sa maison.

— Mais vous oubliez, mon cher colonel, que les avenues sont gardées.

— Nous prendrons un chemin de traverse : je me rappelle qu'il y en a un qui conduit de cette route au presbytère....

— Au presbytère!...

— Oui, général.... c'est là qu'habite M. Durieux... *Tranquille*, connais-tu ce sentier?...

— Oui, mon colonel; c'est celui qui mène à l'église.

— Le presbytère est tout proche..... marchons... »

Nos fugitifs entrèrent dans le chemin qui était devant eux, et s'acheminèrent en silence vers la retraite qu'ils espéraient trouver. Ils n'avaient pas encore fait dix pas, qu'un cri de *qui vive* les arrêta tout court.

« Qui vive? répéta-t-on d'une voix menaçante.

— Ami, répondit le général.

— Cela est faux, reprit la vedette, car je n'ai pas d'ami.... Allons, répondez, qui êtes-vous ?... où allez-vous ?... d'où venez-vous ?... que voulez-vous ?...

— Voilà bien des questions, mon camarade, dit *Tranquille* : c'est égal, approchez, nous allons répondre à toutes, et d'une manière satisfaisante, je l'espère.

— Assurons-nous de cet homme, dit à voix basse le général à Charles et à *Tranquille*, et surtout point de folle pitié.

— Ouidà, répliqua l'étranger, je m'approcherai, mais, si vous le permettez, ce ne sera pas seul..... Allons, suivez-moi, vous autres.... »

Comme l'inconnu achevait ces paroles, il sortit de derrière la haie qui bordait le sentier, et parut devant nos voyageurs accompagné de deux paysans armés de fusils.

« Parlez maintenant, messieurs, je suis prêt à vous entendre et à vous répondre. »

L'aspect de plusieurs hommes armés

ne laissa pas que de causer quelque surprise à Charles et au général. Incertains de ce qu'ils devaient faire, ils se consultèrent entre eux quelque temps.

« Comment sortir de ce pas embarrassant? demanda le capitaine à voix basse.

— Je ne vois qu'un moyen, reprit le général, c'est de sabrer ces coquins-là, et de leur passer sur le corps... Colonel, et vous, brave sergent, tenez-vous prêts à me seconder. En avant!...

— En joue! s'écria le chef des paysans, qui, l'œil et l'oreille au guet, avait compris le dessein du général : Messieurs, si vous faites un pas, vous êtes morts!...

— Morts! reprit *Tranquille* en tirant son sabre; allons donc, tu badines; est-ce que tous les coups portent?... d'ailleurs, ajouta-t-il prudemment, de bons garçons comme toi et tes compagnons pourraient-ils se résoudre à faire feu sur le général de L***?

— C'est justement à lui que nous en voulons....

— Et sur le colonel Charles Pointel? entendez-vous, mes amis, le colonel Charles Pointel?....

— Charles Pointel!... est-ce le fils de M. Antoine, le propriétaire de l'Ermitage?...

— Lui-même, mes camarades. Vous ne voudriez pas, j'en suis sûr, fusiller le brave homme dont la bourse et le cœur ne vous ont jamais été fermés... le fils du digne M. Antoine.

— Dieu nous garde d'une pareille ingratitude!... Mais le colonel Charles Pointel est-il bien un de vous?... qu'il parle....

— Je suis Charles Pointel, dit le capitaine.

— Qui d'entre vous a vu M. Pointel? demanda le paysan....

— Moi, répondit un de ses compagnons.

— Avance, et dis-nous si tu reconnais M. Pointel dans le cavalier qui est devant toi.

— Je le reconnais.

— Au diable les fusils! s'écria le chef en jetant le sien par terre. Colonel, ajouta-t-il en s'approchant de Charles, des ordres sévères ont été donnés pour s'assurer de votre personne, mais le fussent-ils cent fois davantage, jamais je ne porterai la main sur le fils de l'homme qui m'a nourri dix ans, et qui m'a fait ce que je suis devenu....

— Ni moi sur le fils de celui qui m'a aidé à élever mes enfans, reprit le second paysan.

— Ni moi sur le fils de celui qui m'a marié à ma chère Annette, dit le troisième.

— Béni soit le jour qui nous permet de nous acquitter! s'écrièrent-ils tous trois.... » En parlant ainsi, les paysans s'emparèrent des mains de Charles et les pressèrent contre leur poitrine : « Fils du digne homme, allez en paix!...

— O mon père! mon père! dit Charles attendri, les bienfaits que tu as répandus sont la plus belle partie de mon héritage.

— Je suis sûr maintenant que vous êtes le fils du bon monsieur Antoine, reprit le chef des paysans, car je vois que la reconnaissance des pauvres gens vous touche... Mais ne vous arrêtez pas plus longtemps,... partez; ce chemin est libre; il vous conduira au presbytère, qui est habité par de riches bourgeois, qui s'empresseront de vous secourir et de vous donner les moyens d'échapper à ceux qui vous cherchent.... Adieu, monsieur Charles; que le ciel vous protége comme votre père nous a protégés....

— Corbleu! c'est une belle chose que d'avoir un honnête homme pour père, dit *Tranquille* en passant doucement le dos de sa main le long de ses joues pour en essuyer une certaine humidité qui s'y trouvait en dépit de sa moustache; cela vaut mieux, à mon avis, que d'en avoir un marquis.

— Silence, sergent! dit le général, qui n'était pas d'humeur à philosopher, et dont la vue du presbytère attirait alors toute l'attention ; silence! nous voici près de la demeure de l'ancien commis de M. Antoine Pointel; Dieu veuille qu'il ne soit point ingrat, comme tant d'autres...

— Vous êtes bien méfiant, général?

— Colonel, je connais les hommes.

— Du vilain côté, général; cependant, ce dont vous venez d'être témoin il y a dix minutes devrait plaider en faveur de la pauvre humanité;... mais nous voici arrivés... *Tranquille*, frappe à la porte, et annonce-nous.

— Il suffit, mon colonel; et le soldat obéit.

— Qui va là?... demanda une voix.

— C'est moi, répondit *Tranquille* avec assurance.... Ce mot *c'est moi*, réponse ordinaire et plus que naïve à la sotte question qui se fait mille fois par jour, eurent l'avantage de plaire au concierge, qui, se trouvant suffisamment instruit par eux du nom et des intentions des visiteurs, se hâta d'ouvrir la porte. La vue des trois étrangers dans la cour de la maison, lui causa cependant un certain effroi, et il s'informa alors de ce dont il eût été plus raisonnable de s'enquérir avant l'ouverture des portes : « Messieurs, que voulez-vous?..

— Nous desirons parler à M. Durieux, dit le capitaine.

— Monsieur Duricux?...

— Oui, brave homme... Allez le prévenir que le fils de son ancien ami, monsieur Antoine Pointel, lui demande un moment d'audience. Eh bien! qui vous arrête?....

— Monsieur Durieux ne demeure plus ici....

— Que voulez-vous dire?....

— Il a vendu sa maison, et elle appartient maintenant à monsieur Liondée.... Mon maître, contrôleur des douanes, est absent,.... mais madame est au logis;.... si vous desirez lui parler....

— Est-elle jeune? s'écria vivement le général.

— Oui, monsieur.

— Jolie?

— Oui, monsieur.

— Bonne?

— Monsieur....

— N'importe, je prétends la voir... Allez lui dire qu'un officier-général sollicite l'honneur de lui être présenté.

— Monsieur le général, dit respectueusement le concierge, je vais vous obéir... veuillez me suivre.... »

Le concierge conduisit nos voyageurs dans une salle basse, et les pria de l'y attendre un moment.

— Quels sont vos projets, général? demanda Charles à monsieur de L***...

— Je veux voir si l'humanit mérite tout le bien que vous en dites ou tout le mal que j'en pense.

— Quoi! vous prétendez ...

— Me confier à un être que je n'ai jamais vu... Oui, colonel... ma résolution vous paraît extraordinaire, extravagante peut-être; l'avenir décidera entre nous. Quoi qu'il en soit, croyez que je n'agis pas sans réflexion. La maîtresse de la maison est jeune, jolie, par conséquent sensible ou vaine. Je me nomme en l'abordant, et je l'instruis du danger qui nous menace. Nos titres, nos rangs, notre physique, notre confiance chevaleresque, tout doit la flatter, la séduire et l'engager à nous servir. Si, au lieu d'un être faible et exalté, d'une femme enfin, nous rencontrons une âme d'homme, une âme froide et prudente, nous repartons, et nous nous retrouvons, à peu de chose près dans la même situation où nous sommes maintenant. »

Charles n'eut pas le temps de répondre; le concierge reparut, et vint leur annoncer que sa maîtresse priait monsieur le général de se rendre au salon.

« Marchons, colonel, dit monsieur de L*** à Charles; vous voyez que mon plan n'est pas très-mal combiné.

— Jusqu'à présent, général.

— Soit; nous allons voir qui a raison. »

Le domestique les guida, et les introduisit dans un salon assez peu éclairé.

Une dame s'y trouvait, et elle s'avança vers les fugitifs avec tout l'empressement de la politesse. « Madame, dit le général en saluant avec noblesse, on nous a dit que la maîtresse de la maison était jeune, jolie et bonne ; il ne fallait rien moins que tous ces dons réunis pour rassurer de pauvres proscrits, et les engager à se présenter devant vous. Nous vous confions notre vie, devenez-en l'arbitre. Ce ne sera pas la première fois que les grâces et la beauté auront réparé les torts de l'inconstante fortune.

— Ne doutez pas de mon zèle, répondit vivement la jeune dame ; parlez, messieurs, en quoi puis-je vous servir ?

— Nous sommes poursuivis de près, et nous ne pourrons éviter le sort affreux qui nous menace, qu'à l'aide d'un asile impénétrable.

— Messieurs, disposez de ma maison.

— Que de reconnaissance ne vous devons-nous pas, madame !.... cependant, avant d'accepter vos offres généreuses, nous devons vous apprendre les noms de ceux que vous ne craignez pas d'aider dans des temps où la pitié pour le malheur est regardée comme une rébellion. Je suis le général de L***, et mon ami se nomme le colonel Charles Pointel.

— Charles Pointel!... s'écria la dame, un jeune homme de vingt-huit à trente ans, le même qui fut officier dans la garde?..

— C'est lui-même, madame.

— O messieurs!... veuillez.... croire.... mais, je suis vraiment désespérée...

— Il me paraît, dit Charles en interrompant les phrases décousues de la maîtresse du logis, que j'ai l'honneur d'être connu de madame?.... Puis-je savoir... »

En disant ces mots, mon cousin s'avança vers la dame, et voulut la conduire plus près de la lumière, afin de distinguer ses traits; mais elle résista, et se serait échappée si le général, intrigué par ce qu'il venait de voir, n'eût prêté secours à son ami. « En vérité, madame, dit-il, il y aurait de la cruauté à vous dérober ainsi aux expressions de notre reconnaissance, surtout lorsque mon compagnon d'infortune a le bonheur d'être connu de vous. Souffrez donc... »

En parlant ainsi, le général arrêtait la dame, et lui saisissant la main, il la ramena vers Charles. Au même instant un domestique entra au salon avec plusieurs bougies allumées. « Est-il possible! s'écria le capitaine en jetant les yeux sur la dame, c'est... »

Le lecteur pense peut-être que je vais lui dire de suite le nom de la dame devant qui se trouvait mon cousin... Il n'en sera rien; je veux lui offrir l'occasion de montrer sa perspicacité; ainsi donc, lecteur, cherchez;.. je vous le donne en mille... « En mille, allez-vous me dire, il y a de la générosité.... — Eh bien! trouvez.... — Parbleu! la dame étrangère est *dona Dédischada*.... — Non, monsieur, ou madame, ou mademoiselle... — C'est Eléonore!... — Vous en êtes à cinq cents lieues. — C'est la *Reyna?*.. — Vous n'avez jamais été plus loin de la vérité. — C'est donc une ancienne maîtresse du capitaine? — A quoi pensez-vous?... — Si ce n'est pas cela, il faut que ce soit Julie ressuscitée...

Non; l'avare Achéron ne rend jamais sa proie.

— Alors allez au diable, monsieur de Viellerglé. — Cela n'est pas poli. — Que voulez-vous? vous me faites languir deux heures après un maudit nom qu'il ne dépendait que de vous de me dire de suite... Me le direz-vous enfin?.... — J'attends que vous vous soyez confessé battu. — Eh bien! je l'avoue; êtes-vous content?... — Non, car j'aurais desiré vous voir deviner le nom de la dame en question; cela me prouverait que vous avez tous les personnages de l'histoire de mon cousin présens à la mémoire. — Vous êtes plaisant, monsieur *de Viellerglé;* croyez-vous que je me souviens de ce que je lis? — Puisqu'il en est ainsi, je vais vous nommer.... — Enfin!...

— Vous rappelez-vous, lecteur, cette *femme sensible* qui, dans la première partie de l'histoire de mon cousin, eut dans certaine auberge certaine aventure tant soit peu scandaleuse avec le révérend abbé de la Bletterie?... Eh bien! la dame chez qui nous sommes en ce moment n'est autre que l'épouse de l'employé des douanes, à qui mon cousin Pointel avait galamment cédé l'angle de la voiture lors de son voyage de Paris à Pau.... Maintenant reprenons notre récit : « Est-il possible?... disait le capitaine; c'est.... Ah! madame! ajouta-t-il, je ne m'attendais pas à retrouver ici l'aimable compagne de voyage...

— Aimable!... interrompit aigrement la jeune dame; monsieur le colonel, vous m'avez prouvé le contraire... Mais n'importe, vous eûtes dans le temps la bonté de me céder votre place, permettez-moi de m'acquitter en vous offrant ma maison... Pierrre, conduisez ces messieurs à l'appartement de mon frère.... Messieurs, j'ai bien l'honneur de vous souhaiter le bon soir....

— Que veut dire ceci, colonel?...

— Cela veut dire, mon cher général, qu'il serait prudent à nous de chercher un autre gîte.

— Vous badinez, mon ami?...

— Non, non, je parle sérieusement. Avez-vous remarqué les regards de notre hôtesse?...

— Oui; il m'a même semblé reconnaître l'œil d'une femme dédaignée;... vous comprenez?...

— C'est précisément ce qu'elle se figure avoir été.

— Nous sommes perdus, si cette créature n'est point un ange... Ah, mon cher colonel! vous avez eu des scrupules qui pourraient nous coûter cher, si je ne me chargeais de réparer vos folies.»

Comme le général achevait ces mots, des coups violens se firent entendre à la porte de la maison, et bientôt un grand nombre d'hommes armés s'introduisirent dans la cour, en prononçant le nom du général et de son ami.

« Vite, par la fenêtre! » s'écria le général, et il s'élança dans le jardin. Charles et *Tranquille* suivirent son exemple, et tous trois s'efforcèrent d'escalader les murs de clôture. Une échelle se trouva heureusement sous leurs mains, ils s'en emparèrent, et... laissons-les sur l'échelle.

CHAPITRE XXVIII.

La foule des limiers de justice envahit la maison avec la même ardeur qu'une nuée de vautours s'abat sur un champ de carnage. En un instant tous les appartemens furent visités, les meubles enfoncés, les murs sondés, etc., etc., etc. La meute avait faim. Ce fut en vain que la maîtresse de la maison voulut faire entendre ses justes réclamations; elle ne put obtenir qu'on ménageât ses propriétés, par la raison que pour s'assurer de la personne d'un ennemi du roi, il est indispensable de vexer ses amis ou les indifférens, et de changer ainsi les premiers en indifférens, et ceux-ci en ennemis.

« Madame, dit le chef de la bande d'une voix arrogante, il ne s'agit ici ni de vos glaces ni de vos sécretaires plus ou moins endommagés, mais bien de répondre à la justice clairement et catégoriquement. Parlez, vous êtes accusée d'avoir donné asile au général de L***, au colonel Charles Pointel, et à un *chenapan* qui les accompagne... Cela est-il vrai?...

— Oui, monsieur.

— Et comment avez-vous osé recevoir, abriter et céler les ennemis du Roi?

— J'ignorais leurs noms.

— Chansons!.... Mais où sont-ils, ces rebelles?...

— Je les ai fait conduire à l'appartement de mon frère.

— Cette pièce a-t-elle été visitée?...

— Oui, M. le commissaire, répondit un des honnêtes agens secondaires, et voici ce que nous y avons trouvé. »

En parlant ainsi, le soldat de police remit dans les mains de son chef les chapeaux des fugitifs.

« Plus de doute, le général est ici! s'écria le commissaire; allons, vous autres, répandez-vous dans le jardin, les cours, les écuries, les étables, les toits à porcs, et faites partout les perquisitions les plus exactes.»

Comme le commissaire donnait ces agréables commissions, des cris et plusieurs coups de feu se firent entendre. Les cris annonçaient à la vérité la découverte des fugitifs, mais les coups de feu prouvaient leur résistance; on ne savait encore qu'augurer, lorsqu'un huzza général perçant les airs, apprit que la livrée de l'inquisitoriale police venait, par sa glorieuse victoire, de préparer de la besogne au bourreau.

En ce moment le général de L***, Charles et *Tranquille* furent amenés dans la salle où se trouvaient les autorités.

« Qui de vous est le général de L***? demanda le commissaire.... Personne ne répondit.... Madame, ajouta l'officier de police en se tournant vers la maîtresse de la maison, le général de L*** est-il un de ces trois hommes?... »

L'épouse du contrôleur des douanes

n'avait point oublié les complimens du général, et elle voulut lui en marquer sa reconnaissance. « Le général de L***, répondit-elle, n'est point un de ces trois messieurs.

— Cela est étonnant, reprit le commissaire... mais nous éclaircirons ce mystère plus tard...... passons aux autres. Parlez, madame ; le colonel Charles Pointel est-il devant nous?... »

Madame Liondée, aussi reconnaissante que vindicative, prouva alors que si elle n'oubliait pas les marques de galanteries du général, elle se rappelait aussi fort bien les torts de son ancien compagnon de voyage. « Monsieur est le colonel Pointel, dit-elle en montrant Charles du doigt.

—Coquine! s'écria *Tranquille.*

— Sergent! vous n'êtes guère galant, dit Charles en laissant échapper un léger sourire... Quoi qu'il en soit, je remercie madame de m'avoir évité la peine de décliner mon nom; cela est parfois désagréable, surtout lorsque, comme aujourd'hui, on ne vous tient pas compte de ce que vous avez fait pour l'honorer.

— Fort bien, reprit le commissaire; nous trouvons déjà deux des rebelles que nous cherchons...... Mais vous, monsieur, continua-t-il en se tournant vers le général, comment se fait-il que vous avez été pris faisant cause commune avec des vauriens et des bandits qui ont l'audace de faire feu sur les gens du roi?...

— Cela me sera bien facile à vous expliquer, répondit le général avec embarras; j'ai servi dans le régiment du colonel Pointel, je l'ai vu arriver ici avec le général de L*** et le sergent *Tranquille*, et j'étais à causer avec eux, lorsque vos gens se sont répandus partout comme des furieux, criant, jurant et menaçant. Vous n'ignorez pas, M. le commissaire, que, par le temps qui court, chacun craint plus ou moins pour sa tête. J'ai entendu parler d'échafaud, de prévôts, etc., etc.; j'ai vu le général et ses amis sauter par les fenêtres..... ma foi, j'ai fait comme eux, par instinct de prudence.

— Est-ce aussi par prudence que vous avez fait feu sur mes gens?...

— Non, c'est par nécessité... On m'attaquait sans dire *gare*, je me suis défendu... Enfin, je vous présenterai mon dernier argument; j'ai l'honneur d'être connu de madame Liondée, et j'ose croire qu'elle voudra bien répondre de moi.

— Sans aucun doute, dit la dame.... M. le commissaire, je me rends caution pour monsieur.

— Mon colonel, dit tout bas *Tranquille* à mon cousin, la drôlesse place un bienfait à intérêt.... Vous comprenez? hum!...

— Silence, mon ami; un mot, un sourire peut perdre le général.

— Ah! vous vous rendez caution de monsieur, madame? reprit le commissaire... c'est fort bien.... s'il en est ainsi, vous devez le connaître; faites-moi le plaisir de m'apprendre ses nom, prénoms, âge et qualités?...

— J'éviterai cette peine à madame, se hâta de dire le général : je me nomme Edouard de Jéranville; j'ai trente-cinq ans, et je suis capitaine dans le quatorzième régiment de dragons.

— A merveille... Puisque vous répondez si bien, faites-moi le plaisir de m'expliquer comment il se fait que vous soyez porteur du sabre qui pend à votre côté?... Cette arme superbe, enrichie de diamans et de pierres précieuses, ne peut appartenir à un simple capitaine, et elle ressemble beaucoup au sabre magnifique dont Bonaparte récompensa le dévouement de son âme damnée le général de L***; l'auriez-vous volée?...

— Misérable! s'écria le général, quelle accusation oses-tu porter!... Apprends, vil suppôt de police, que j'ai acquis cette épée sur le champ de bataille et au prix de mon sang, versé pour mon empereur et ma patrie...

— Eh ! je ne dis pas précisément que vous soyez un fripon, reprit l'officier de police un peu intimidé ; mais de deux choses l'une, ou cette arme a été dérobée, ou vous êtes le général de L***.

— Eh bien ! je le suis.

— C'est ce dont je voulais vous faire convenir... Pardon, général, si j'ai manqué d'égards envers vous, mais le devoir de ma place.... Soyez sûr que dorénavant j'aurai pour vous le respect, la considération.... Mes amis, emparez-vous de ce chef de rebelles, et garottez-le...

— La lâche ironie dont tu m'accables est le coup de pied de l'âne... Va, tu me fais rougir de l'espèce humaine...Et vous, coquins ses amis, approchez sans crainte ; venez, je vous abandonne mes mains, vous pouvez les charger de chaînes ; elles me sont maintenant inutiles, il ne m'est plus permis de combattre les ennemis de mon pays... Quant à vous, madame Liondée, qui avez fait tout ce que vous pouviez faire pour me sauver, recevez mes sincères actions de grâces...... » Le général s'approcha de la dame, et lui baisa la main... « Nous partirons quand tu voudras, ajouta-t-il en se tournant vers le commissaire : je vois que tu brûles de livrer ta chasse aux acheteurs. »

Le cordon bleu ne fit pas languir le général, et l'ayant placé entre ses gens, ainsi que Charles et *Tranquille*, il quitta le presbytère en toute hâte, et se dirigea sur M*** ; ville où se trouvait établie la cour prévôtale. Arrivés à M***, les prisonniers furent écroués dans les prisons du département pour attendre le moment où ils devaient paraître devant leurs juges. Cette fois la justice fut expéditive, car le lendemain de leur emprisonnement, legénéral L***, Charles et *Tranquille* furent amenés à la barre du tribunal. Le général parut devant la cour prévôtale avec fermeté, Charles avec calme, et *Tranquille* avec insouciance. Si le premier semblait dire, par son maintien, qu'il était glorieux d'avoir agi comme il l'avait fait, la contenance du second annonçait une âme qui ne se reprochait rien; quant au dernier, il paraissait s'embarrasser aussi peu des suites du procès que s'il y eût été totalement étranger. Cependant, l'air dur et sévère des juges prouvait que la sentence était déjà prononcée au fond de leur cœur.

« Accusé, quels sont vos nom, prénoms, âge et qualités?... demanda le prévôt en s'adressant au général....

— Je me nomme Henri Jules de L***; j'ai trente-cinq ans, et je suis.... j'étais, c'est-à-dire général de brigade au service de France.

— Et vous, dit le prévôt à Charles, quels sont vos nom, etc., etc.

— Je me nomme Charles Pointel, âgé de vingt-huit ans, ex-capitaine des grenadiers à pied de l'ex-garde impériale, colonel provisoire commandant les gardes nationales du département des Hautes-Pyrénées.

— Et vous, ajouta le président de la

cour en se tournant vers *Tranquille*, quels sont vos noms? etc., etc.

— Je me nomme Eustache Bontemps, dit *Tranquille*, et d'après ce que m'a dit ma mère, je dois avoir quarante-six ans, ou à-peu-près; de plus, je suis sergent de grenadiers.

— Accusés, vous allez entendre lecture de l'acte d'accusation lancé contre vous...... Greffier, donnez-en connaissance.... »

Le greffier se mit alors à lire une énorme factum rempli d'absurdités, où l'on supposait aux accusés les actions les plus barbares et les projets les plus insensés. Ces ridicules déclamations arrachèrent au général plus d'un sourire de mépris. Charles fit tout ce qu'il put pour y comprendre quelque chose, et *Tranquille* n'y comprit rien du tout. Aussi, bâilla-t-il à avaler ses poings dès la quatrième page, et avant la dixième, il fut plongé dans le sommeil le plus profond, au grand scandale de la cour.

Après trois heures de lecture, le greffier s'arrêta : il avait enfin terminé le dernier feuillet de l'acte d'accusation.

« Accusés, qu'avez-vous à répondre? dit le président. »

Le général se leva.... « Je ne m'abaisserai point à discuter les absurdes inculpations que vous venez d'entendre. Pour toute vengeance et pour toute justice, je demande que l'acte d'accusation soit rendu public, et que son auteur soit condamné à en faire lui-même la lecture. »

Ayant ainsi parlé, M. de L*** se rassit, et un mouvement approbatif se fit entendre parmi l'auditoire.

« Accusés, vous manquez de respect à la cour, dit le prévôt.

— C'est une faute moins grande que celle de votre rapporteur, qui a manqué de respect à la vérité et à l'équité. »

Charles voulut prendre la parole : « Messieurs, dit-il....

— Accusé, interrompit le prévôt, la

cour vous commande le silence. La manière irrévérencieuse dont votre co-accusé vient de répondre, ne nous permet pas d'exposer le caractère sacré dont nous sommes revêtus aux insultes du crime réduit au désespoir.

— Mais qui nous défendra ? s'écria Charles indigné.

— Vos avocats parleront pour vous.

— Nos avocats? où sont-ils?...

— Les voici... ils ont été choisis d'office... Défenseurs des accusés vous avez la parole; mais songez que la cour possède les moyens de punir les outrages qui lui seront adressés.

— Je supplie la cour, dit un des avocats en se levant, de vouloir bien renvoyer à quinze jours le jugement de l'affaire qui l'occupe en ce moment, afin de nous permettre de rassembler tous les moyens de défense que nous avons à faire valoir dans l'intérêt des accusés.

— La cour va délibérer, » répondit le prévôt... Les juges se retirèrent, et après dix minutes d'absence, ils reparurent dans la salle.

« La cour ordonne qu'il sera passé outre aux débats, dit le prévôt... Avocats, remplissez votre ministère. »

Le défenseur du général prit alors la parole. Il commença par retracer les actions glorieuses qui avaient distingué la vie de son client ; puis, passant aux événemens des cent-jours, il examina la situation politique de la France, et soutint que ce général avait pu croire servir son pays en se conduisant comme il l'avait fait. Pour appuyer ce qu'il avançait, il voulut entrer dans plusieurs développemens, mais le prévôt l'interrompit...

— La cour vous ordonne de vous renfermer dans le cercle de l'accusation.

— Je me permettrai de faire observer à la cour...

— Obéissez, avocat, ajoute le prévôt d'une voix retentissante.

— Puisqu'il en est ainsi, messieurs,

reprit le défenseur du général, je me bornerai à dire...

— Je vous défends d'ajouter un mot de plus, s'écria le général de L***; ce serait marchander ma vie, et j'aime mieux que mon sang retombe sur la tête de mes juges.

— Avocat de l'accusé Charles Pointel, vous avez la parole, dit le prévôt.

— Je prie mon avocat d'y renoncer, dit Charles; le droit de défense étant restreint, devient illusoire; je proteste contre la décision du tribunal, et j'en appelle tant en mon nom qu'en celui de mes coaccusés. »

Un murmure d'indignation se fit entendre partout l'auditoire; mais le prévôt, sans y faire attention, invita les juges à se retirer dans la salle des délibérations. Après une demi-heure d'absence, la cour rentra, prit place, et le président ayant ordonné de ne laisser éclater aucune marque d'approbation ou d'improbation, lut l'arrêt suivant :

« La cour prévôtale, ouï l'acte d'accu-
» sation, ouï pareillement les accusés et
» leurs défenseurs, déclare atteints et
» convaincus de rébellion envers le sou-
» verain légitime, et d'homicide envers
» la personne du comte d'Algéras, de
» l'abbé de la Bletterie et de plusieurs
» autres sujets fidèles du roi, les nommés
» Henri Jules de L***, soi-disant gé-
» néral au service de France, et Charles
» Pointel, ex-capitaine aux grenadiers de
» la garde; en conséquence, elle con-
» damne à la peine de mort les susnom-
» més en réparation de leurs crimes....
» Ordonne que le nommé Eustache Bon-
» temps, dit *Tranquille*, sera mis en li-
» berté... ordonne en outre que les nom-
» més Henri Jules de L*** et Charles
» Pointel seront dégradés de l'ordre de
» la légion d'honneur, etc., etc. »

L'arrêt prononcé, la foule s'écoula en silence, terrifiée par l'horreur qu'une pareille sentence devait nécessairement occasioner. Ce jugement n'avait point été prononcé devant les accusés en présence de l'auditoire et du tribunal, mais il le fut dans la prison et devant la garde assemblée. Quand le général entendit l'arrêt cruel qui le rayait de la liste des vivans, il s'écria : « Justice, tu n'es qu'un vain nom !... » Charles fut plus maître de lui : « Je ne m'attendais pas à mourir si jeune, et d'une si triste manière, se contenta-t-il de dire en souriant ; mais n'importe, je tâcherai de sortir de la vie avec honneur : la mort n'a rien de redoutable pour qui a bien vécu. »

Tranquille fut certainement celui des accusés qui, bien que mis en liberté, montra le plus d'emportement contre la sentence de la cour prévôtale. Il commença par exhaler son indignation en juremens et en menaces de toute espèce ; puis, s'étant rendu maître de ses sens, il s'approcha de Charles, et lui dit à voix basse en lui serrant la main : Vous ne mourrez pas, ou je mourrai.... Adieu, mon colonel ; nous nous reverrons avant que les vingt-quatre heures soient expirées... Adieu aussi, mon général, ajouta-t-il tout haut. Malgré le jugement, j'espère vous revoir encore. »

En prononçant ces mots, le brave sergent se jéta dans les bras du colonel et du général, et les ayant pressés fortement contre son cœur, il s'éloigna en formant les plus terribles projets de vengeance en cas que l'injustice vînt à triompher.

CHAPITRE XXIX.

Le brave sergent profita de la liberté qui venait de lui être rendue. Il monta à cheval en sortant de prison, et courut à toute bride à Pau. Il descendit chez M. Morand, où, par le plus grand bonheur du monde, il rencontra M. de Tieusac, qui, sur le bruit de l'arrestation de son neveu, s'était rendu chez son ami, afin de concerter avec lui les moyens de le servir. *Tranquille* expose brièvement et énergiquement la situation de son colonel, et d'après son récit, les deux vieillards convaincus que la vie ou la mort de Charles dépendait des mesures qu'ils allaient prendre, résolurent de partir sans perdre de temps, pour se rendre à M***, décidés à tout employer pour arrêter l'exécution et l'arrêt inique qui venait d'être porté. Avec la permission du lecteur et même sans sa permission, je les laisserai brûlant le pavé de la grande route, et je retournerai à la prison de mon cousin, où des événemens assez extraordinaires vont se passer.

La sentence de la cour prévôtale devait s'exécuter dans les vingt-quatre heures. Déjà les deux tiers du temps qui restait à vivre aux prisonniers s'était écoulé, lorsque la porte de leur cachot s'ouvrit, et le guichetier leur annonça d'un air brusque l'arrivée du prêtre qui venait les préparer à leur dernier voyage. Sans attendre la réponse des condamnés, le gardien introduisit le messager de mort et d'espérance; puis, ayant posé la lanterne dans un coin, il s'éloigna en poussant les énormes verrous de la porte.

— Que venez-vous faire ici? demanda brusquement le général au serviteur de l'église....

— J'y viens, mon fils, répondit une voix qui n'était point inconnue au général et à Charles, j'y viens pour vous exhorter au courage et au repentir.

— Au courage! reprit le général : homme de paix, avez-vous pu croire que nous en ayons besoin ?...

— Mon fils, les plus superbes s'humilient et se repentent...

— Prêtre! dit Charles, le repentir est la vertu des criminels; qu'avons-nous de commun avec eux ?...

— Ce que vous avez de commun avec eux, pécheur endurci! je vais vous l'apprendre... Comme eux vous avez versé le sang des justes; comme eux vous périrez d'une mort infamante.

— Quelle voix! s'écria Charles.... Elle me rappelle..... non, cela est impossible. Cependant,... le capitaine s'empara de la lanterne du geolier, et l'approchant vivement du visage du confesseur, il le regarda avidement : Dieu! l'abbé de la Bletterie!...

— Lui-même, vil ennemi!...

— Il vivrait! s'écria le général en se

levant avec un mouvement de surprise et d'indignation.

— Oui, reprit l'abbé, oui, je vis encore pour jouir de vos tourmens et de votre mort.

— Misérable! dit le général, si l'enfer t'a dérobé au supplice que je te destinais, le juste ciel t'inspira le projet de pénétrer dans ma prison pour y chercher ma vengeance : elle va te frapper; mes bras, tout désarmés qu'ils sont, auront encore assez de force pour étouffer un reptile aussi venimeux que toi... tu vas périr. »

A ces mots, le général, brûlant de colère, s'élança sur l'abbé; c'en était fait de ce dernier, s'il n'eût franchi promptement l'espace qui le séparait d'une énorme grille de fer derrière laquelle il se réfugia.

— Je brave ta rage impuissante, dit l'abbé en fermant la grille de fer à la clef... Maintenant, menace, tempête, fulmine, tu vas entendre l'anathême que je vais prononcer sur toi... sur toi surtout », ajouta-t-il avec une joie infernale, en se tournant vers Charles!...

Le général se porta le poing sur le front avec l'air du désespoir..... Eh quoi, mon ami, lui dit doucement Charles, les injures d'un lâche doivent-elles vous affecter à ce point? Rappelez-vous ce que vous êtes et ce qu'est cet homme. Sous l'habit respectable qui le couvre, reconnaissez le calomniateur, l'assassin, l'impie;... voyez ses regards errans, la pâleur de son visage, la contraction de ses traits; le crime y est écrit en lettres brûlantes... En vain il blasphême, en vain il menace, il est plus à plaindre que nous; nous allons périr dans quelques heures, mais du moins ce sera de la mort des braves, tandis que le supplice qui l'attend sera mille fois plus horrible...... Qu'il ne croie pas s'y soustraire à ce supplice mérité.... Non, quelle que soit son adresse, ses efforts, sa puissance, il mourra bientôt : l'échafaud est imprimé sur son front.

— Penses-tu m'effrayer? répondit l'abbé en s'efforçant de déguiser le trouble de ses sens.... Crois-tu que je sois assez faible pour me laisser intimider par de vaines menaces?... Détrompe-toi; je n'ai rien à redouter des hommes, et je me ris de la vengeance du ciel.... Quant à toi, qui fais parade d'un si grand courage, voyons de quel œil tu vas regarder le tableau que je vais dérouler devant toi.

— Général, dit Charles en souriant, nous avons beau faire, nous n'éviterons pas le sermon du digne abbé. Plaçons-nous à notre aise pour l'entendre, et surtout ne dormons pas. Le discours du révérend père est le chant du cygne.

— Dites plutôt du corbeau, ajouta le général en allant se remettre tranquillement sur sa paille. Soit; qu'il croasse donc..... j'aurais cependant préféré un concert de l'Opéra-Buffa à celui qu'il nous prépare, surtout pour mon dernier en ce monde, et peut-être ailleurs.

— Nous allons voir si tout ce stoïcisme

va se soutenir, dit l'abbé en prenant la parole.... Toi, colonel de L***, tu n'as plus que trois heures à vivre, et tu périras comme un parjure et un traître.... Cette mort terrible me venge assez du mal que tu as voulu me faire. Quant à toi, Charles Pointel, je te réserve une fin plus affreuse.... tu serais trop heureux de périr en exécution d'un arrêt d'un conseil de guerre, et pour un délit politique. Le bourreau réclame ton sang; il le répandra avant peu sous les yeux d'un peuple immense qui t'accablera du nom abhorré d'assassin.... C'est pour jouir de ce doux spectacle que j'ai demandé et obtenu un sursis à ton exécution. La cour d'assise t'attend; tu vas y paraître comme le plus infâme des criminels..... Eh bien, conserves-tu encore ton orgueilleuse fermeté?...

— Bonsoir, dit Charles à son ami; je crois que le sermon est fini... » En parlant ainsi, mon cousin s'enveloppa de son manteau, et s'étendit pour reposer. Le général ne put imiter sa patience, il s'empara d'une grosse pierre qui était près de lui, et la lançant avec force contre l'abbé, il l'atteignit, et le renversa.

— Bonsoir, vertueux abbé de la Bletterie, s'écria-t-il en riant ; puisses-tu me précéder de quelques heures dans le sombre royaume !... » Puis, sans s'inquiéter des cris de l'abbé, il s'étendit, à l'exemple de Charles, et se disposa àdormir.

Les cris de l'abbé firent accourir le geolier ; il trouva le confesseur des prisonniers se débattant par terre ; et, s'empressant de le relever, il s'informa auprès de lui de la cause de l'état où il le voyait. L'abbé ne put répondre que quelques mots entrecoupés et sans suite ; la pierre que lui avait lancée le général l'avait atteint à la mâchoire, qui se trouvait presque entièrement fracturée par la violence du coup. Le geolier interrogea vainement les deux prisonniers, il n'en put obtenir un seul mot ; enfin, ne sachant que penser, il appela plusieurs porte-clefs, et avec leur aide, il transporta l'abbé à moitié mort à l'infirmerie de la prison.

Il faut que la vengeance soit un bien grand lénitif, car le général ne tarda pas, malgré l'attente cruelle du réveil, à s'endormir profondément. Cette indifférence de la vie surprendra moins si l'on réfléchit que l'homme qui en donnait une si grande preuve en ce moment était accoutumé à compter l'existence des autres pour rien et la sienn pour fort peu de chose. Quant à Charles, la vériteme force d'avouer qu'il ne ferma pas les yeux de la nuit; mais aussi que de sujets de méditations il avait!... L'amour et l'amitié le retenaient aumonde, et son cœur, plein des illusions de la jeunesse, n'était point encore désanchanté de la vie.

A quatre heures du matin, le guichetier ouvrit la porte du cachot, et quatre fusiliers entrèrent... Le cœur de Charles tressaillit... « Allons, général de L***, dit le geolier, il faut partir... Comment! il dort! s'écria-t-il avec l'air de la plus grande surprise...

— Il dort ! répétèrent les soldats avec un intérêt qu'ils ne purent déguiser.

— Oui, camarades, dit Charles, votre général dort maintenant, mais naguère il veillait pour vous au jour du danger.

— Faites-moi le plaisir de le réveiller, colonel, reprit le geolier d'un ton radouci ; il aimera mieux que ce soit vous que moi.... et puis d'ailleurs, s'il faut vous le dire, je ne sais quoi dans ce moment me barbouille le cœur... il me semble que votre ami mérite le respect...... la considération..... enfin vous comprenez....

— Oui, je vois que le courage malheureux est plus imposant que la puissance. Général ?... général ?...

— Qui m'appelle ? dit le général en se frottant les yeux... Ah ! c'est vous, Charles ? Serait-il déjà temps de partir ?... oui, j'aperçois des soldats... Je suis fâché qu'on soit venu sitôt, j'aurais volontiers dormi encore une bonne heure... mais le service commande, il faut obéir.... Camarades, laissez-moi le temps de passer mon dernier habit, et je suis à vous. »

En parlant ainsi, le général mettait dans sa toilette autant d'ordre qu'il lui était possible. « Il faut mourir décemment, ajouta-t-il en se tournant vers Charles.... Colonel, ma cravate est-elle bien mise?...

— Fort bien, mon cher général, reprit mon cousin en s'efforçant de sourire.

— Nous pouvons donc partir... Mais à propos, l'honnête geolier, dites-nous un peu ce que vous avez fait de notre vénérable confesseur?... J'espère qu'il viendra nous assister à nos derniers momens?...

— Pouvez-vous bien, général, vous moquer du digne abbé, surtout après l'avoir mis dans l'état affreux où il est maintenant?... il en mourra peut-être, le saint homme....

—Vrai, geolier?... Eh bien! ce que vous me dites-là me met du baume dans le sang... Mais je m'aperçois que je fais languir mes juges.... Partons, colonel....

— Partons, mon ami....

— Un moment, dit le geolier; mes ordres portent de ne livrer que le général de L***. Il est accordé un sursis au colonel Charles Pointel.

— L'abbé a donc accusé vrai, s'écria Charles, et je vais être traîné devant la cour d'assises !.... Ah, malheureux !... que n'ai-je péri sous le poignard des assassins acharnés à ma perte !...

— Mon ami, reprit le général, votre douleur n'est pas raisonnable... songez que le temps est un grand maître, et qu'il vaut mieux être menacé de mourir sur la roue demain, qu'être fusillé aujourd'hui. Du courage, colonel; un pressentiment me dit que vous échapperez à vos persécuteurs, et que vous vivrez pour me venger... Jurez-moi sur l'honneur que l'abbé périra.

— Je le jure !...

— Je pars content pour le grand voyage.... Embrassons-nous, colonel, et puissiez-vous un jour justifier ma mémoire indignement outragée... Mon ami, je vous recommande mon honneur et ma mère... Adieu.... »

A ces mots, le général s'arracha des bras de Charles, et s'élança hors du cachot. Bientôt un roulement de tambour et une détonation d'armes à feu annonça que le brave et chevaleresque général de L*** venait de terminer sa carrière. Charles ne put supporter cette idée, et le guerrier qui, sans frémir, avait bravé cent fois la mort sur le champ de bataille, perdit connaissance au bruit du signal funèbre...

Il serait difficile de se rendre compte de tout ce que mon cousin eut à souffrir pendant les quinze premiers jours qui suivirent la mort du général. Seul, sans nouvelles de ses amis, et en proie aux tourmens de l'incertitude, il lui fallut tout son courage et le calme de sa conscience, pour ne pas succomber à l'horreur de sa position. Enfin le seizième jour, le taciturne geolier vint ouvrir la porte du cachot, et le remit entre les mains de deux gendarmes, chargés, lui dit-il, de le conduire devant la cour d'assises.

Quelque terrible que fût l'idée de se voir assis sur le banc des criminels, rassuré par son innocence, mon cousin entra dans la salle du tribunal d'un pas ferme et assuré... il porta ses regards sur l'auditoire, et la vue de son oncle, de *Tranquille*, de M. Morand, et de tous les domestiques de l'Ermitage et de Tieusac, lui fit éprouver le premier mouvement de joie que son malheur lui eût permis de ressentir. Le visage de M. de Tieusac et du bon receveur étaient couverts de larmes; la figure du sergent, au contraire, peignait un calme et une fermeté extraordinaires.

Après les formalités prescrites par les lois, les témoins à charge furent appelés, et l'abbé de la Bletterie parut. Il paraissait à peine remis de la blessure que lui avait faite le général, et les cicatrices dont son visage était couvert ajoutaient encore à l'infernale expression de sa physionomie. Il commença sa déposition avec une modération si bien feinte, qu'elle en imposa à une partie des jurés. Les voyant alors favorablement disposés, il fit ressortir les présomptions et les apparences avec un art si adroit, que le doute et le soupçon vinrent remplacer la compassion dans le cœur d'une grande partie de l'auditoire. Enfin l'abbé résolut de frapper le dernier coup, et prenant le ciel et les hommes à témoins de la pureté de ses intentions, il déclara qu'il avait cru reconnaître dans son assassin le capitaine Charles Pointel.

Comme l'abbé venait de porter cette infame accusation, une femme fendit la foule, et s'approchant de la balustrade qui séparait le peuple de l'enceinte réservée aux juges et aux jurés, elle s'écria : « Il blasphème, il blasphème!.... le capitaine est innocent!... »

Chacun tourna les yeux vers l'étrangère, et Charles reconnut en elle Eléonore d'Algéras, pâle, défaite et la mort sur le front. « Le capitaine est innocent du meurtre dont on l'accuse, répéta mademoiselle d'Algéras avec égarement, et je connais le meurtrier de l'abbé; c'est.... »

La malheureuse fille n'en put dire davantage; une horrible convulsion s'empara d'elle, et elle tomba sans connaissance. Parmi les personnes qui s'empressèrent de lui prodiguer des secours, Charles aperçut une femme couverte d'un voile épais, et dont la tournure lui rappela vivement sa plus constante amie, la dévouée *dona Dédischada*.

« Je prie la cour de ne faire aucune attention aux exclamations de cette jeune femme, dit l'avocat de l'abbé en prenant la parole; sa tête est visiblement dérangée; la mort tragique de son père, fusillé par les ordres de l'accusé, et d'autres événemens que la cour me permettra de taire, par respect pour le nom d'une famille illustre, sont les causes de l'aliénation mentale de cette infortunée.

— Si mademoiselle d'Algéras est folle, s'écria *Tranquille*, ce qui ne serait pas étonnant, vu ce qu'elle a souffert, je ne le suis pas, et je vais déclarer à la cour le nom du meurtrier qu'elle n'a pu prononcer.

— Je préviens la cour, dit l'abbé, que cet homme est un mauvais sujet, ivrogne, irreligieux, et de plus, domestique de l'accusé. Je desirerais, par respect pour la cour, qu'il ne fût point entendu.

— La cour ne peut accéder à votre demande, répondit le président; son devoir est de chercher la vérité par tous les moyens qui sont en son pouvoir....

» Témoin, approchez, et venez déclarer ce que vous savez... »

Tranquille s'avança d'un air ferme... « Messieurs, dit-il, tant que j'ai pu croire que la vie de mon maître n'était point en danger, j'ai gardé le silence; mais dans ce moment qu'elle est menacée, il est de mon devoir de parler. L'homme qui a frappé l'abbé de la Bletterie est devant vous : c'est moi...

— *Tranquille!* s'écria Charles, oses-tu

pour me sauver, te couvrir du nom d'assassin?...

— Ce nom infâme ne m'est point dû, reprit le sergent; si j'ai frappé l'abbé, je l'ai fait en brave, et par-devant.

— Soldat, dit le président, la révélation que vous venez de faire est d'un poids terrible..... Répondez franchement; qui vous a porté à cette action coupable?...

— L'amour et la vengeance... L'homme que vous voyez ici couvert du manteau de la religion, avait déshonoré la femme que je prétendais épouser..... Trente témoins jureront qu'il a été surpris avec la nièce du père Bernard, dans la maison même de mon maître. Je demande qu'ils soient entendus...

— Messieurs, dit Charles en se levant, la déposition du sergent *Tranquille*, mon garde-chasse, est un mélange de vérités et de nobles impostures. Il est vrai que l'abbé, mon accusateur, a abusé de l'innocence de la jeune Louison Bernard, mais il est faux que le témoin ait frappé l'abbé. Je connais la main qui a porté les coups, mais je ne puis la nommer... Toutefois je jure devant Dieu et sur l'honneur, que le sergent *Tranquille* est aussi innocent que moi du meurtre de M. de la Bletterie... »

L'abbé entendant Charles parler ainsi, commença à reprendre une partie de son audace. Il comprit que l'éloignement d'Eléonore et la délicatesse du capitaine pouvaient encore lui assurer l'impunité de ses crimes, et il résolut de tout tenter pour faire condamner celui qu'il haïssait avec tant d'emportement, qu'il n'avait pas craint de s'aventurer à intenter un procès dangereux, dans la seule espérance de faire périr son ennemi sur un échafaud. En conséquence, il prit la parole, et s'occupa à faire ressortir avec beaucoup d'adresse les apparentes contradictions de *Tranquille* et du capitaine. Cependant il ne put réussir entièrement ; l'affaire parut aux jurés et à la cour si compliquée et si peu claire, qu'il fut décidé que de plus amples informations seraient prises, et une foule de nouveaux témoins appelés aux débats.

Dans cet état de choses, l'abbé craignant que son imposture fût enfin découverte, résolut de replacer son ennemi sous le coup du jugement de la cour prévôtale, et d'en hâter l'exécution. Il fit agir tant de ressorts, que l'ordre d'exécuter dans les vingt-quatre heures la sentence du conseil de guerre, fut envoyé à M***. Tout cela fut conduit avec tant de mystère, que personne, à l'exception d'un seul être qui ne pouvait ignorer rien de ce qui regardait le capitaine, ne se douta que les heures de la vie de Charles étaient comptées.

Abandonnons maintenant l'abbé et mon cousin, et transportons-nous dans une petite auberge située à une demi-lieue de M***. Un homme couvert d'une blouse de voiturier y était assis dans une cour, et causait avec une dame couverte d'un voile épais. L'homme à la blouse était *Tranquille*, la dame voilée l'infatigable *dona Dédischada*.

« Vous dites, madame, que la voiture qui doit conduire mon colonel au lieu du supplice passera cette nuit devant cette auberge?...

— Oui, cette nuit, entre onze heures et minuit.

— Pourquoi l'éloigne-t-on de M***?

— Parce que le bruit de son innocence et l'intérêt que chacun lui porte, a fait craindre que le peuple ne voulût tenter de l'arracher à ses bourreaux.

— Vous êtes bien sûre qu'il prendra cette route?...

— Je le jure sur la tête de ton maître.

— Je vous crois... Ha çà, qu'exigez-vous de moi?...

— Ce que j'ai droit d'attendre d'un serviteur zélé et d'un ami fidèle. Il faut sauver le capitaine.

— Oui, reprit *Tranquille* avec l'air de la plus absolue conviction, il faut le sauver, ou mourir... Malheureusement mourir sera le plus facile.

— Détrompe-toi, brave homme. Le capitaine, malgré son infortune, a encore des amis, qui sont prêts à répandre pour lui jusqu'à la dernière goutte de leur sang. Ils sont réunis, et n'attendent que le moment d'agir.

— Où sont-ils? que je me joigne à eux; hâtez-vous de me l'apprendre, vous dont la voix est celle d'un ange de bonheur...

— Ecoute..... ces amis, déterminés à tout entreprendre, seront ici à la nuit tombante; ils viendront se réunir au chef qui doit les guider, et ce chef... c'est toi...

— Moi! s'écria *Tranquille.*

— Cette marque d'estime et de confiance t'était due, vaillant soldat;.... mais ne m'interromps point; l'heure avance, et je n'ai que le temps de t'instruire de ce que tu dois savoir. Prends ce papier, il renferme les instructions qui te sont nécessaires pour agir. Tu apprendras en le lisant le temps et le lieu fixés pour l'assassinat de ton maître, et les mesures à prendre pour l'arracher à la mort. Prends également cet anneau; il servira à te faire reconnaître des hommes qui doivent combattre sous toi... Tu possèdes maintenant les moyens d'agir... De la prudence! du courage! et nous pouvons encore être heureux. Adieu, brave homme; songe qu'en défendant les jours de ton capitaine, tu sauveras plus d'une vie!.. Adieu : que le ciel te protége!.... Nous nous reverrons cette nuit, ou nous nen ous reverrons jamais! »

L'étrangère ne put achever ces dernières paroles sans répandre quelques larmes; mais, rappelant bientôt toute la résolution dont elle avait besoin, elle serra fortement les mains de *Tranquille* dans les siennes, et s'élança dans un petit cabriolet qui l'attendait à la porte de l'auberge. Emportée par deux chevaux vigoureux, elle disparut promptement aux regards du sergent.

Resté seul, *Tranquille* se hâta de prendre connaissance des instructions remises par *dona Dédischada*. Il apprit par elles que plusieurs voitures de rouliers devaient arriver bientôt à l'auberge où il se trouvait en ce moment. Ces voitures, traînées par d'excellens chevaux de selle, renfermaient des armes de toute espèce, et étaient conduites par Julien et plusieurs contrebandiers déterminés, auxquels devaient se joindre bientôt après quelques soldats licenciés. Le reste des instructions donnait les moyens de s'emparer de Charles, et indiquait le lieu où l'on devait le conduire en cas de réussite.

Suffisamment instruit de ce qu'il fallait faire, le brave *Tranquille* attendit l'arrivée de la petite armée qui devait agir sous ses ordres. En toute autre circonstance, l'orgueil d'un pareil commandement aurait été capable de lui tourner la tête, mais alors il était trop occupé du sort de son colonel, pour penser à autre chose qu'à sa délivrance.

Le jour commençait à tomber, lorsque le bruit des chevaux se fit entendre. *Tranquille* prêta l'oreille, et il ne tarda pas à voir paraître dix ou douze petites voitures qui vinrent s'arrêter successivement devant l'auberge. La vue des chevaux qui y étaient attelés, et surtout celle des conducteurs, dont l'air résolu et intelligent contrastait fortement avec la tournure lourde et pesante des voituriers ordinaires, apprit de suite à *Tranquille* qu'il avait devant les yeux les contrebandiers qui devaient servir sous ses ordres. Il cherchait celui qu'il devait aborder, lorsqu'il se sentit frapper sur l'épaule : il se retourna vivement, et aperçut un jeune homme fort leste et de taille bien prise, qui lui dit en riant : « Nous voici arrivés, général...

Ha, ha! c'est toi, Julien, reprit *Tranquille* en serrant amicalement la main du propriétaire de la maisonnette des Pyrénées, dont la voix venait de faire retentir à son oreille un titre qui, en dépit de la situation critique où il se trouvait, le flatta bien agréablement; je suis enchanté de te voir, toi et tes camarades... Entrez dans l'auberge, et buvez un coup; surtout, mon ami, pas d'excès; nous avons besoin chacun de toute notre tête.

— Ne craignez rien, commandant, nous sommes tous gens d'élite.

— C'est ce qu'il faut, mon cher Julien.... Entrez, et prenez du repos. Mais auparavant, dételez vos chevaux, et mettez-les dans la litière et dans l'avoine jusqu'au cou....»

Julien fit exécuter les ordres qui venaient de lui être donnés, et *Tranquille* fut se remettre en observation sur la route. Il ne resta pas long-temps sans voir arriver, par petits pelotons de deux et trois hommes, une douzaine de vieux soldats, auxquels il ordonna d'entrer dans l'auberge et de se mettre à des tables séparées. Certain alors de la présence de tout son monde, il entra dans l'auberge pour se faire reconnaître des gens qui devaient agir sous lui.

«Camarades, dit-il en tirant la bague de *dona Dédischada* de son sein, vous devez tous avoir vu cet anneau? approchez, et venez le reconnaître.»

Chacun se leva, et s'avança près de la table sur laquelle *Tranquille* l'avait posé.

« Nous le reconnaissons, s'écrièrent les soldats et les contrebandiers.

— Il suffit, reprit le sergent, vous savez à quoi il vous engage. Vaincre ou mourir, pour arracher le colonel Charles Pointel à ses bourreaux.

— Vaincre ou mourir! répétèrent tous les assistans.

— Julien, continua *Tranquille*, tu vas te mettre à la tête de tous ces fantassins, et tu te rendras avec eux à l'entrée du val de Monac. C'est là que tu t'embusqueras avec tes gens. Au signal que je donnerai, feu sur l'escorte; et surtout faites attention à ce qu'aucune balle n'atteigne la voiture.... Où est Bartolomé?...

— Me voici, répondit un contrebandier.

— Bartolomé, tu resteras ici avec deux hommes; tu laisseras passer la voiture et l'escorte, et tu la suivras avec précaution; en cas de changement de route, dépêche-moi un cavalier à toutes brides... De plus, main-basse sur les fuyards... Vous autres, vous allez monter à cheval et me suivre... Chacun a compris les ordres?... En avant donc..... »

Julien, à la tête de l'infanterie de la petite armée, se mit de suite en route; les cavaliers sous les ordres directs de *Tranquille*, montèrent à cheval, et se tinrent prêts à galoper.

— Qui nous retient ici, commandant? dit un des contrebandiers après une demi-heure d'attente.

— L'arrivée du courrier de mort ou de vie, camarade, répondit *Tranquille* d'un air triste. Je crains qu'il ne soit arrivé quelque malheur, car onze heures viennent de sonner, et rien ne paraît encore... Mais chut!... je crois entendre... »

Chacun prêta l'oreille, et l'on distingua effectivement le bruit lointain du galop d'un cheval.

« Enfin,.... s'écria le sergent. Camarades! tenez-vous tous prêts. »

Comme *Tranquille* donnait ce dernier ordre, un cavalier fut aperçu; quand il fut près de l'auberge, l'inconnu modéra l'impétuosité de sa course, et il passa devant la porte en donnant trois coups de sifflet. Le sergent répondit à ce signal par trois autres coups; l'étranger ne les eut pas plutôt entendu, qu'il donna de l'éperon à son cheval, et disparut avec la rapidité de l'éclair.

« En avant! marche! » dit *Tranquille*, et l'on partit au grand trot... Après une demi-heure de course, l'on atteignit l'entrée du val de Monac. *Tranquille* fit faire halte, et poussa une reconnaissance pour s'assurer si les fantassins étaient établis dans le poste assigné. En ayant acquis la certitude, il se plaça en embuscade dans un petit bois qui bordait la route, et attendit le moment d'agir. Il ne tarda pas à arriver. Il y avait à peine dix minutes que les cavaliers avaient pris position, lorsque des pas nombreux de chevaux avertirent que le capitaine et son escorte approchaient. Bientôt le bruit devint plus fort, et l'on distingua même plusieurs voix qui donnaient différens ordres. « Sabre à la main ! » s'écria *Tranquille*, et presque aussitôt une chaise de poste attelée de quatre chevaux, et entourée d'une trentaine de cavaliers, traversa rapidement la route. Le sergent mettant alors le pistolet à la main, fit feu, et se porta au galop sur le chemin. A ce signal, Julien et ses gens parurent en armes, et saluèrent d'une décharge à bout-portant la cavalerie prévôtale. Ebranlée par cette attaque imprévue, elle fut mise en entière déroute par la charge vigoureuse qu'exécuta *Tranquille* en ce moment. « A la voiture ! à la voiture ! » tel était le cri de guerre du sergent. La possession de la chaise-de-poste fut disputée assez vaillamment par plusieurs officiers, mais le sabre de *Tranquille* ne tarda pas à les écarter. Le vieux soldat arriva à temps pour sauver son colonel du plus grand danger. L'abbé, qui partageait la voiture avec Charles, avait, aussitôt l'attaque, prévu l'issue du combat. ´sespéré de se voir enlever sa victime, qu'il se faisait une fête d'immoler, il résolut d'assouvir la soif de sang qui le dévorait. Il se saisit donc d'un pistolet, et l'appuyant sur la poitrine du capitaine, il se disposait à faire feu, lorsque *Tranquille*, lui lâchant un coup de carabine, le renversa baigné dans son sang. Alors, se donnant à peine le temps d'embrasser son maître, le sergent démonta le postillon de la chaise, et mettant un des siens à sa place, il ordonna de partir à toutes brides. . . . .

Tout cela s'exécuta si rapidement, que le capitaine était encore à comprendre comment le miracle de sa délivrance s'était opéré, lorsque la voiture s'arrêta à la porte d'une maison isolée où une berline à quatre chevaux paraissait avoir été placée comme un relai. Une dame voilée était sur le bord de la route; aussitôt que *Tranquille* l'aperçut, il s'écria : « *Dona Dédischada!* le capitaine est sauvé et vengé.... » . . . .

A ce nom, Charles se précipita en bas

de sa chaise, et courut baiser la main de sa libératrice.... « Vous serez donc toujours mon ange tutélaire?... lui dit-il. »

Dona Dédischada ne répondit rien, mais elle déposa sur la joue de son jeune ami un baiser brûlant comme son amour, et pur comme son âme. Puis, prenant le capitaine par la main : « Venez, dit-elle, un spectacle cruel vous attend ici; mais il est de votre devoir de tout tenter pour adoucir les maux de l'infortunée. »

En parlant ainsi, elle introduisit Charles dans une salle basse, et l'invita à s'approcher d'un lit sur lequel était étendue une femme qui paraissait être sans connaissance. « C'est Eléonore, ajouta-t-elle à voix basse.... »

Le capitaine jeta un cri, et s'agenouilla près du lit funèbre...« Vit-elle encore? » s'écria-t-il....

—Hélas! répondit une vieille qui était auprès du lit, elle respire, mais elle ne va pas tarder à exhaler le dernier soupir.... »

En ce moment des cris affreux se firent entendre du dehors, et *Tranquille* entra dans la salle avec plusieurs hommes qui portaient le corps de l'abbé. Le méchant venait de revenir à lui, et la douleur aiguë qu'il ressentait de sa blessure, lui arrachait les cris les plus épouvantables.

« Transportez-le dans un autre lieu, dit le capitaine hors de lui; l'assassin ne peut demeurer près de sa victime. »

On voulut obéir aux ordres de Charles, mais l'abbé proféra des vociférations effroyables arrachées par la rage et la douleur.... « Capitaine, dit un des contrebandiers, le blessé ne peut être transporté sans souffrir cruellement.

— Point de pitié pour le barbare....

— Capitaine, dit *dona Dédischada*, serez-vous plus inflexible que Dieu ?...

— Qu'il demeure donc en ces lieux, répondit Charles; c'est à vous qu'il le devra. »

Eléonore parut alors sortir de l'espèce de léthargie dans laquelle elle était plongée... « Où suis-je? demanda-t-elle,... et quelle voix ai-je entendue?... Il m'a semblé que c'était la sienne.... Que dis-je? hélas! maintenant il n'est plus!... O Charles! Charles! faut-il donc mourir sans te revoir!...

— Eléonore! s'écria le capitaine....

— Je ne me trompe pas, reprit la mourante; c'est lui... » A ces mots, elle rassembla toutes ses forces, et se levant sur son séant, elle tendit les bras en criant : « Charles, où es-tu?.... »

Le capitaine n'eut pas la force de répondre; il ne put que saisir la main d'Eléonore et la couvrir de baisers et de larmes.

« Tu m'aimes donc toujours? dit-elle d'une voix attendrie.... Mon ami, j'ai besoin de le croire pour adoucir l'horreur de ma mort.... Mais quelle est cette femme?.... Ah! je la reconnais; c'est *dona Dédischada*, la dame des Pyrénées.... Qu'elle sera heureuse!... elle mérite que tu l'aimes.... cependant ne m'oublie pas...

tout-à-fait. Madame, donnez-moi votre main... Bien... vous, prenez la mienne... Ah! j'en suis sûre, vous plaignez la pauvre Eléonore....

— Ah! comment ne pas la plaindre?... comment ne pas aimer la plus infortunée et la plus charmante des créatures humaines?...

— Unissez vos mains... Mais quels sont ces cris?... qui souffre encore ici?... Je croyais être la seule malheureuse.

— Eléonore!... Eléonore!.... cria l'abbé...

— Qui m'appelle? répondit mademoiselle d'Algéras....

— Eléonore, c'est un homme qui rendra compte de ses crimes au tribunal de Dieu, c'est votre persécuteur; en un mot, c'est l'abbé de la Bletterie.

— Quoi! le monstre serait en ces lieux! s'écria la mourante avec force;... il y serait blessé, souffrant, et sur le point de comparaître devant l'Eternel, juge des hommes!... Il faut que mes yeux se repaissent de la vue de mon mauvais génie terrassé.... où est-il?.... Ah! je l'aperçois!... Quelle expression infernale est répandue sur sa figure!... quels traits hideux!... son âme y est peinte tout entière... »

L'abbé touchait à son heure suprême, et comme Eléonore parlait encore, il entra dans une agonie effrayante; les yeux lui sortaient de la tête, sa bouche écumait, et toute sa physionomie éprouvait un renversement sur lequel on ne pouvait arrêter ses regards sans frémir. Minuit sonna alors... « Dieu!... Dieu!... s'écria Eléonore, je reconnais ta justice.... Vengeance, vengeance terrible à la même heure que l'outrage.... je meurs contente... *Dona Déd*... Charles... adieu... Vengeance!.... »

Ce fut le dernier mot de la malheureuse Eléonore: elle expira. L'abbé l'avait précédée de quelques momens.

Charles voulut se jeter sur le corps de mademoiselle d'Algéras; mais *Tranquille* et les contrebandiers, sur un geste de *dona Dédischada*, l'entraînèrent, et le firent monter en voiture : il n'y fut pas plutôt, que la berline fut enlevée au galop de quatre vigoureux coursiers. Le jour commençait à poindre, lorsque les voyageurs arrivèrent près du bord de la mer. Une barque les attendait. Le capitaine et *Tranquille* s'embarquèrent; on leva l'ancre, et l'on fit voile pour l'Espagne.

CHAPITRE XXX.

Le capitaine et *Tranquille* abordèrent heureusement dans un des ports de la Catalogne; ils y trouvèrent Antonio Ribeira, l'homme de confiance de la marquise, qui les attendait avec une chaise de poste.

— Où allons-nous, Antonio? demanda Charles....

— Dans le château de la Sierra, capitaine.

— La marquise s'y trouvera-t-elle ?...

— Je l'ignore, capitaine.... Cette lettre, que j'ai l'ordre de vous remettre, vous instruira sans doute de ce que vous desirez savoir.

Le capitaine arracha le billet des mains d'Antonio, et lut ce qui suit :

« CAPITAINE,

» IL faut que je reste en France, du
» moins pendant quelque temps encore.
» J'y vais travailler, secondée de Frédé-
» ric, à vous rouvrir les portes de la pa-
» trie.... L'intérêt de votre honneur,
» celui de votre fortune commandent,
» et j'obéis.... D'autres intérêts, d'au-
» tres soins m'occuperont aussi;... j'ac-
» quitterai pour vous, envers les restes
» d'Eléonore, la dette sacrée du cœur...
» Ces devoirs remplis, j'aurai beaucoup
» fait pour vous, j'aurai trop fait peut-
» être.... Rassurez-vous; la jeune valen-
» cienne ne prétend pas que la reconnais-
» sance vous lie : elle est trop fière d'ail-
» leurs pour attendre son bonheur d'un
» sentiment pareil. Les soins sont payés
» par d'autres soins, l'amitié par la recon-
» naissance; mais l'amour veut de l'a-
» mour; il lui faut tout ou rien. Vous re-
» cevrez encore une lettre de moi : j'in-

» terrogerai votre loyauté, votre franchise, » votre honneur, et mon sort sera décidé.... Toutefois, quels que soient mes » résolutions et mes projets, je vous déclare libre, entièrement libre.

» Votre amie dévouée et fidèle,

» L. DE S. L.

» *P.-S.* Mon amie *la Reyna de la* » *Sierra* vous offre un asile.... Attendez » chez elle des nouvelles de France et » de moi. »

Le capitaine relut plusieurs fois la lettre de *dona Dédischada :* l'amour qu'il ressentait pour la jolie *Reyna*, la reconnaissance et l'admiration qu'il devait à la marquise, plongeaient son âme dans un océan d'irrésolutions dont il lui était impossible de sortir ; sa position lui paraissait tellement extraordinaire, qu'il traversa la Catalogne et la Manche, et arriva à la porte du vieux château de la

Sierra sans avoir arrêté aucun plan de conduite.

Le vieux Perès le reçut avec autant de joie qu'en permettait la gravité espagnole: *Senor capitano, Dios vos bendiga.*

— Grand merci de vos vœux, honnête Perès. Comment chacun se porte-t-il ici? ajouta le capitaine avec un embarras qui prouvait que, s'il l'avait osé, il n'aurait demandé des nouvelles que d'une seule personne.

— Grace à Dieu, senor, il n'est arrivé de malheur à aucun de nous... Le jardinier boit et mange toujours de même, c'est-à-dire beaucoup; le cuisinier s'arrondit de plus en plus, et les autres domestiques...

— Il suffit, Perès, in terrompit le capitaine, j'en suis charmé... » Je préviens le lecteur que mon cousin n'était pas alors aussi content qu'il voulait bien le dire, car il avait interrogé le concierge dans l'espoir d'obtenir une toute autre réponse; mais malheureusement pour lui, le grave Perès n'entendait rien à toutes les petites délicatesses de l'amour. « *Tranquille*, ajouta Charles, qui vit qu'il était absolument nécessaire de rompre la glace, en se tournant vers son soldat, aussitôt que tu te seras reposé, tu te rendras chez la *Reyna*, et tu la préviendras de l'intention où je suis d'aller lui présenter l'hommage de mes respects. »

Le fidèle sergent s'aperçut de suite de l'impatience amoureuse de son maître, et se donnant à peine le temps d'avaler deux bouteilles de vin, il courut s'acquitter de la commission qui venait de lui être donnée. Pendant son absence, le capitaine s'occupa de sa toilette, et sans y faire attention, il y mit beaucoup plus de soin que de coutume.

Bientôt *Tranquille* rentra : « Mon colonel, la *Reyna* vous attend. » Charles ne se fit pas deux fois répéter cette agréable invitation. Il sortit, ou plutôt il s'élança hors du château, et prit, le cœur tremblant d'émotion, le chemin de la maison d'Honorine. Arrivé à la porte, il s'arrêta, et employa quelques minutes à se préparer à l'entrevue... Il fallut entrer enfin...

— Où est votre maîtresse?....

— Dans le salon du jardin, répondit un montagnard en souriant de l'air décontenancé du capitaine.

— Faites-moi le plaisir de m'y conduire....

— Comment, senor!..... auriez-vous oublié le chemin?....

— Non, mon ami; mais je desire être annoncé.

— Soit, senor;.... suivez-moi donc. »

Je puis assurer au lecteur que jamais conscrit ne se présenta au feu avec une figure plus décomposée que celle de mon pauvre cousin en entrant dans le salon de la *Reyna*.

« Madame, dit le montagnard, voici le senor Montejos.... c'est-à-dire le capitaine don Carlos Pointel, qui vient voir votre excellence.

— Qu'il soit le bien-venu, » s'écria une voix dont le son fit battre violemment le cœur de Charles....

Le capitaine s'avança, et aperçut la charmante Honorine qui accourait au-devant de lui. Les traits de la *Reyna* avaient un peu perdu de leur fraîcheur habituelle. La pâleur des lis remplaçait les roses; mais la physionomie conservait toujours son expression enchanteresse; le charme même en était augmenté.

« Je ne suis pas le seul qui ai souffert! s'écria Charles, en pressant la main de la *Reyna*.

— Pouvait-il en être autrement? répondit-elle avec une franchise séduisante; mon ami était malheureux....

— Quoi! chère Honorine, les maux du pauvre Charles ont pu vous toucher autant?....

— Ingrat! voilà bien de vos doutes injurieux!....

— Ah! je veux me rendre digne de l'intérêt si flatteur que j'ai su vous inspirer.... Oui, charmante Honorine, je prétends vous consacrer le reste de mes jours.

— Mon ami, dit la *Reyna,* je ne feindrai point avec vous; je vous avouerai donc que votre amour m'est précieux, et j'y réponds autant que vous pouvez le desirer.

— Tu viens de décider de mon sort, s'écria le capitaine exalté; Honorine, dès ce moment je ne m'appartiens plus.... je suis à toi!...

— Un moment, mon ami, reprit la jeune Espagnole en riant, il est peut-être des obstacles qui s'opposeront à notre bonheur?.... Il n'en est aucun, ajouta-t-elle avec sentiment, qui puisse vous priver de mon amour.... »

Ce peu de mots de la *Reyna* glaça l'âme du capitaine. Il se ressouvint de *dona Dédischada*, de son amour, de ses sacrifices, de l'amitié qui l'unissait à Honorine; et l'avenir de félicité qu'il n'avait fait qu'entrevoir, se rembrunit, et disparut.

L'imagination accrut encore les tourmens du capitaine. Il s'exagérait les maux qu'il avait à redouter, et ôtait à l'amour qu'il éprouvait pour Honorine le charme du retour et de l'espérance.

La *Reyna*, plus sage et non moins tendre, s'efforçait de consoler son amant. Tout ce que l'amour a de délicat, tout ce que l'espoir a de séduisant, fut employé pour calmer ces craintes superstitieuses qu'une violente passion inspire presque toujours, surtout aux caractères doués de beaucoup de force et d'énergie. Les soins, les efforts d'Honorine parvinrent à écarter momentanément les sombres pensées qui torturaient l'âme de Charles; mais bientôt plus fort qu'elle et ses douces paroles, ils revinrent en foule et plus terribles que jamais. Ce fut dans cette alternative de calme et de tourmente, d'espérance et de craintes, que les dix premiers jours de la réunion se passèrent. Le matin du onzième, la *Reyna* remit au capitaine un paquet qui venait d'arriver de France, et qui, selon toutes les probabilités, allait décider de leur sort. Charles ouvrit en tremblant cette lettre; voici ce qu'elle contenait:

Lettre du Baron DE TIEUSAC *à son Neveu le Capitaine* CHARLES POINTEL.

« VICTOIRE, mon cher neveu! victoire! » nous sommes réhabilités, réintégrés, » vengés!... l'honneur et la patrie te sont » rendus, et te sont rendus par une femme! » Ah, mon neveu!.... quelle femme!... » vertus, beauté, courage, elle possède » tout, et il dépend toi, heureux fripon, » de la posséder!... La marquise craint que » tu ne puisses l'aimer; elle est là près » de moi qui suit de l'œil tous les mots » que je trace; elle voudrait retrancher » un éloge; elle ose porter le doigt sur la » plume qu'elle nomme indiscrète. « Ar- » rivez,... belle dame, arrivez! vos yeux,

» votre main ne m'empêcheront pas de
» tracer à chaque ligne que vous êtes un
» ange .. Je dirai malgré vous à mon ne
» veu : Le devoir, la reconnaissance, l'hon-
» neur et l'amour t'ordonnent de venir ré-
» clamer la main de *dona Dédischada*; si
» tu hésites, tu es un barbare, un turc,
» un renégat, et je te renie à jamais pour
» mon sang.... — Ce n'est pas cela qu'il
» faut dire... — Si madame la marquise,
» c'est cela.... me croyez-vous assez fou
» par hasard pour aller conter à mon ne-
» veu toutes les balivernes, pardon de
» l'expression, qui vous passent par la
» tête? Corbleu! il serait plaisant que le
» capitaine pût regarder comme une
» chaîne pesante un lien que tous les
» hommes de la terre voudraient pouvoir
» serrer au prix de tout leur sang, et moi
» tout le premier encore, malgré ma
» goutte sciatique, mes cheveux blancs
» et mes soixante-dix-neuf ans!

» Reviens donc, mon cher neveu; re-
» viens sur les ailes du bonheur et de

» l'amour. M. Morand, Frédéric, nos » amis et la chapelle t'attendent.

» Ton oncle et ami,

» LE BARON DE TIEUSAC. »

— Eh bien! dit Charles en achevant la lecture de la lettre du baron, me direz-vous encore, Honorine, que je puis être heureux?....

— Mon ami, on est toujours heureux lorsqu'on a rempli ses devoirs.... les nôtres sont aisés à connaître.... ils doivent têtre faciles à suivre.

— Cruelle Honorine! pouvez-vous me parler ainsi?...

— Charles, je le puis, parce que je le dois.... Ecoutez, mon ami; la lettre de votre oncle, en réglant vos devoirs, m'apprend aussi les miens. Quelque tendresse que j'aie pour vous, je n'oublierai jamais que *dona Dédischada* fut mon amie, qu'elle me confia le bonheur de sa vie, et qu'il m'est impossible, sous peine d'encourir la perte de ma propre estime, de flatter davantage la passion qui vous anime.... Je n'ai peut-être que trop à me reprocher déjà....

— Que dites-vous, Honorine?... entre nous, il n'y eut d'autre séducteur que l'amour...

— Cette idée fera ma consolation.... Mon ami, nous ne pouvons plus nous revoir.

— Ne plus nous revoir!....

— Il le faut!...

— Je n'y consentirai jamais!.... Pardonnez, Honorine, ajouta le capitaine en s'apercevant de l'émotion de la *Reyna*, pardonnez aux transports dont je n'ai pas été le maître... je ne veux point me soustraire aux obligations imposées par l'honneur; mais je ne veux pas non plus me précipiter en aveugle dans le goufre de l'avenir.... Accordez-moi deux jours pour réfléchir à ce que je dois faire, et permettez-moi de continuer à vous voir....

— Soit, » dit la *Reyna* après un moment de réflexion....

A ces mots, elle embrassa Charles en soupirant, et disparut.

Je me dispenserai de faire part au lecteur des pensées qui agitèrent mon cousin le reste de la soirée et la nuit suivante; s'il a été amoureux et malheureux, il pourra s'en faire une idée assez approximative; c'est pourquoi je passerai cette peinture de passion, et j'arriverai brusquement au moment où mon cousin vint le lendemain se présenter à la porte de la *Reyna*.

« Son excellence a quitté le pays, capitaine, et elle m'a commandé de vous remettre ce papier. »

Charles prit en tremblant, des mains du montagnard, la lettre qui lui était présentée; elle ne contenait que ce peu de mots :

« J'ai promis hier plus que je ne pou-
» vais et devais promettre.... Je quitte la
» Sierra pour ne pas affaiblir, par ma pré-
» sence et la vue de mon attachement,
» les résolutions énergiques que la recon-

» naissance et l'honneur doivent vous
» inspirer... Adieu, mon ami.... adieu,
» vous qui seul eûtes part à mon amour...
» pensez quelquefois à celle qui ne vous
» aima jamais que pour vous-même.

» Votre amie en ce monde et dans
» l'autre.

» HONORINE. »

Ce billet, au lieu de plonger Charles dans le découragement et le désespoir, réveilla dans son cœur la voix puissante du devoir. Décidé à tout sacrifier pour acquitter les dettes sacrées de la reconnaissance, il partit pour la France et le Béarn.

CONCLUSION.

ARRIVÉ à Tieusac, le capitaine ne put descendre de la chaise. Il fallut que *Tranquille* le soutînt dans ses bras. « Courage, mon colonel, » dit le vieux soldat. Charles ne répondit rien, et il entra dans la salon de son oncle, avec la contenance d'un homme qui aime la vie et qui marche au supplice!....

— Enfin le voilà donc, ce cher neveu! s'écria le baron en riant... Embrasse-moi, mon ami.

— Et moi, dit M. Morand en clignant de l'œil.

— Et moi, ajouta Frédéric en ayant de la peine à garder son sérieux.

— Madame la marquise..... ma nièce, dit le baron en frappant à la porte d'un cabinet voisin, arrivez; voilà le capitaine. »

La porte du cabinet s'ouvrit, et *dona*

Dédischada, toujours voilée, parut devant celui qui allait être son époux. Le capitaine s'avança vers elle, et mettant un genou en terre : « Vous voyez à vos pieds, lui dit-il, l'homme qui mettra son bonheur à faire le vôtre.

— Ce que tu viens de dire n'est pas trop mal, reprit le baron; cependant le ton me déplaît.... Mon cher neveu, vous paraissez être un mari à la glace.... j'espère, ma nièce, que vos yeux auront le pouvoir de le réchauffer.

— Pour cela il serait nécessaire que le capitaine les aperçût, dit M. Morand.

— Parfaitement raisonné, receveur.... Ma nièce, faites-nous le plaisir de vous débarrasser de ce voile importun. Eh bien, mon cher neveu, comment trouves-tu ta future?.... »

Le capitaine jeta un cri terrible, et tomba sans connaissance. Il avait reconnu dans la marquise la charmante *Reyna de la Sierra*. Son évanouissement fut long. Quand il revint à lui, il se trouva dans son ancien appartement, ayant *Tranquille* à son chevet qui sifflait la *grenadière* en frisant complaisamment sa moustache.

« Ami, demanda-t-il au sergent, ce que j'ai vu est-il un songe?....

— Non, de par cent mille baïonnettes, mon colonel; c'est la pure, l'heureuse et l'exacte vérité.

— Il se pourrait!.... mais tu me trompes peut-être?....

— Que je sois un poltron comme l'abbé de la Bletterie, si je mens d'une seule lettre.... »

Rassuré par ce serment respectable, le capitaine se livra sans réserve à la joie qui le transportait. En conséquence, il poussa un nombre raisonnable d'exclamations et de soupirs.... Mais comment se fait-il, mon cher *Tranquille?*..... comment est-il possible, mon vieux camarade?....

— Tenez, mon colonel, ce que vous savez n'est encore rien en comparaison de ce qui vous reste à savoir... Figurez-vous, mon colonel, que *dona Dédischada, la marquise, la Reyna de la Sierra* enfin, n'est autre que *mademoiselle de Saint-Luc*, la fille du marquis de Saint-Luc, le frère de M. d'Algéras, et la nièce de son éminence le cardinal de V***, autrement dit le curé Frédéric.

— Quoi, *Tranquille!*.... toutes ces merveilles que *dona Dédischada* a créées pour moi....

— N'avaient d'autre but, mon colonel, que de s'assurer un époux qui l'aimât comme on n'aime plus.... et comme vous aimez cependant... Mais levez-vous, mon colonel, et votre maîtresse vous racontera elle-même son histoire et celle de sa famille..... C'est touchant, sur ma parole.... »

Comme *Tranquille* achevait de parler, le baron rentra.

« Monsieur, dit-il gravement, la chapelle du château est préparée; son éminence monseigneur le cardinal de V***, et mademoiselle Léonie de Saint-Luc sont à l'autel, et vous attendent... »

Charles se jeta à bas de son lit, embrassa son oncle, et s'habilla, puis. . . .

. . . .

Chers lecteurs ! il n'est pas un de vous qui ne sache ce que c'est qu'un mariage; souffrez donc que je me dispense de vous faire la description de celui du capitaine Charles Pointel. Il eut une grande similitude avec tous ceux qui se sont faits avant et depuis, mais avec cette différence, 1.° Que le marié et la mariée s'aimaient; 2.° qu'ils étaient d'âge convenable; 3.° qu'ils furent heureux; 4.° qu'ils furent mutuellement fidèles; 5.° enfin que le mari trouva ce que je vous souhaite au nom de tous les maris.

POSTE-FACE

INDISPENSABLE A LIRE, SI L'ON VEUT COMPRENDRE LES AVENTURES DE MON COUSIN.

Il n'est pas, lecteur bénévole, que vous ne vous soyez aperçu que je n'ai point mis de préface à la tête de ce livre. J'espère donc que vous me pardonnerez la liberté grande que je me permets, en vous forçant à lire en plus de l'histoire de mon cousin Charles, cinq, huit, quinze pages, que sais-je?... Je suis par fois bavard comme un député.

J'espère encore que vous lirez ces susdites pages couramment et sans humeur, surtout lorsque je vous aurai exposé les excellentes raisons qui me mettent la plume à la main : les voici dans le plus grand détail.

1.° Je me suis engagé, moi A. de Viellerglé, à livrer à *messire* Grégoire Cyr Hubert, libraire actif et entendu, que je recommande, par parenthèse, à mes *amis, parens et connaissances,* un ou plusieurs gros cahiers de mon écriture, lesquels cahiers doivent former quatre vol. in-12 de deux cents et quelques pages chacun, que ledit Grégoire Cyr Hubert vendra et débitera dans sa boutique du Palais-Royal, galerie de bois, n.° 222, ou partout ailleurs, comme bon lui semblera. Or il manque trente pages au moins au quatrième volume de l'histoire de mon cousin, et vous sentez que je ne puis me dispenser de faire disparaître ce déficit, d'autant mieux que,

2.° Je ne vous ai pas dit un seul mot des aventures de mademoiselle Léonie Honorine de Saint-Luc, ni de celles de Frédéric, mon curé, cardinal honnête homme, chose rare, et que,

3.° Il faut absolument que je déclare, pour ma tranquillité personnelle, et celle de tous les esprits bien ou mal faits qui liront ce livre, que mon intention n'a été d'offenser qui que ce soit, pas même le grand-turc, en publiant les aventures de mon *Cousin de la main gauche*. Ainsi donc, les noms d'*abbé de la Bletterie, de comte d'Algéras*, etc., etc., étant des noms entièrement d'emprunts, il demeure bien convenu entre vous et moi qu'on peut se nommer ainsi sans être parent ou allié des personnages de mon histoire.

4.° Enfin, j'ai à mettre sous les yeux du lecteur une action héroïque du baron Nicolas.

Cela posé, je vais vous entretenir à mon aise de mon ouvrage. D'abord je commencerai par rendre clair ce qu'il peut y avoir d'obscur dans le personnage de *dona Dédischada*; ensuite je m'efforcerai de vous raconter brièvement la fin des aventures de Frédéric, puis je vous dirai deux mots du baron Nicolas; et enfin je vous apprendrai comment se portent, au moment où je vous parle, les héros de cette véridique histoire.

Dona Dédischada, dont je me suis dispensé de vous expliquer la conduite extraordinaire, je ne sais trop pourquoi, se trouve donc être fille du marquis de Saint-Luc, frère aîné de M. d'Algéras, et de mademoiselle de V***, sœur de Frédéric. Vous dire comment elle tomba au pouvoir du comte de Travellar, riche seigneur espagnol, des mains duquel mon cousin la tira dans le village de Vanéras; vous dire ce que devint le comte et son amour, c'est ce dont vous vous inquiétez fort peu, et moi aussi. Mais ce qui peut vous paraître curieux à connaître, c'est l'histoire mystérieuse des torts de M. d'Algéras envers le marquis de Saint-Luc son frère.... Je conviens que votre curiosité est ici bien naturelle, et vous devez espérer de me la voir satisfaire. Cependant je me garderai bien, toutes réflexions faites, de vous en ouvrir seulement la bouche, et cela par la raison que cette histoire étant très-longue, et on ne peut pas plus intéressante, j'en ferai un épisode des aventures de *mon Cousin de la main droite,* ouvrage que je me propose de publier aussitôt que vous aurez acheté, et payé surtout, les huit cents exemplaires de mon *Cousin de la main gauche*. Vous voyez qu'il dépend de vous d'être instruit.

Quant à l'histoire de Frédéric, je vous en dirai, sans me faire prier, le plus heureux événement. Vous devez vous rappeler que la duchesse de V*** gagna un fils des faits et gestes du vicomte de Castelmor. Eh bien! ce fils, qui, comme beaucoup d'honnêtes gens de ma connaissance, eut la réputation d'être l'enfant du mari de sa mère, mourut à vingt-cinq ans sans laisser de postérité. Il arriva de là deux choses, un bien et un mal. Le bien fut que Frédéric se vit débarrassé d'un homme qui lui volait son nom. Le mal, que le *Journal des Débats* imprima audacieusement le plus gros de tous les mensonges, chose qui lui arrive parfois involontairement sans doute, en déclarant, dans un article de nécrologie, que le dernier rejeton de la noble et antique maison de V*** venait de mourir....

...Venons-en maintenant à l'action héroïque du baron Nicolas. Le bon homme s'était si mal trouvé de la société des gens titrés, qu'il prit la noblesse en horreur, et résolut d'abjurer son titre de baron. Cette détermination magnanime ne s'exécuta cependant qu'après de longues et sérieuses méditations. Ce ne fut même qu'à la suite de la conversation suivante entre M. Morand et le philosophe Nicolas, que la question fut décidée, et la résolution irrévocablement prise.....

Le baron et M. Morand sont assis autour d'une table de douze pieds de circonférence. M. Morand a le bout d'une pièce de toile passé dans la première boutonnière de son habit; ses yeux pétillent, son teint est coloré, et il porte fréquemment sa main droite à la hauteur de son menton.

LE BARON.

Vous avez beau dire, monsieur Morand, la noblesse est une institution admirable.

M. MORAND.

Absurde!....

LE BARON.

Elle a la plus grande influence....

M. MORAND.

Sur les sots.

LE BARON.

Bah, bah!... un gentihomme est un être...

M. MORAND.

Quelquefois fort ennuyeux..... Mon cher ami, un gentilhomme est un homme spirituel ou imbécille, fort, faible, courageux ou poltron, selon que la nature l'a voulu; bon ou méchant, selon que l'éducatiou l'a créé.

LE BARON.

Ho, ho! voilà un fier sophisme!....

M. Morand ne répondit rien; il avait la main depuis une demi-minute à la hauteur de sa bouche.

LE BARON.

A vous en croire, mon titre de baron ne signifie rien.

M. MORAND.

Si fait.

LE BARON.

Ah! vous convenez....

M. MORAND.

Oui, je conviens que vous possédez un morceau de parchemin sur lequel on a tracé les cinq lettres B A R O N lesquelles forment l'acrostiche suivant B.... A.... R.... O.... N....

LE BARON.

Cet acrostiche est une mauvaise plaisanterie.

M. MORAND.

Pas si mauvaise que *l'invention féodale*.... au moins il ne produira aucune guerre, aucun massacre, aucune révolution.

LE BARON.

Je vous vois venir ; vous allez me dire que la noblesse est la principale cause des malheurs de la révolution.... elle qui en a été la victime !

M. MORAND.

Vous voulez rire !....

LE BARON.

Point du tout, je parle sérieusement.

M. MORAND.

Alors, puisque vous parlez sérieusement, permettez-moi de vous conter une aventure tragique qui arriva il y a un mois.

LE BARON.

Mais quel rapport cette aventure a-t-elle....

M. MORAND.

Il s'agit bien de rapport ; écoutez seulement.... Un riche propriétaire de Bourgogne voulut faire défricher un vaste enclos qu'il possédait ; pour cela, il choisit dix pauvres ouvriers, et les installa sur son champ. Parmi ces dix ouvriers il s'en trouva deux qui avaient les plus mauvais penchans ; ils ne pensaient qu'à jouer, boire et manger, et quand ils avaient bien bu et bien mangé, ils cherchaient querelle à leurs camarades dont ils avaient dévoré la pitance. Les huit laborieux ouvriers supportèrent pendant long-temps l'humeur et les façons de vivre des deux frélons, espérant toujours qu'ils finiraient par se corriger. Au bout de dix jours la patience leur échappa ; ils se réunirent, et corrigèrent les deux vagabonds, et les mirent à la portion congrue. Qui eut tort ?... qui eut raison ?...

LE BARON.

Parbleu ! cela n'est pas difficile à juger.....

Le reste de la conversation manque. Tout ce que je sais, c'est que M. Nicolas Pointel, dit baron de Tieusac, alluma, quinze jours après cette discussion philosophique, le punch qu'il donna à son neveu et à sa nièce avec ses lettres de noblesse.

Maintenant, lecteur bénévole, il ne me reste plus rien à vous dire, si non que mon cousin Charles Pointel a six enfans, qui tous lui ressemblent, ce qui n'arrive pas toujours aux papas, et que chacun des personnages auxquels vous vous êtes intéressé, est un heureux comme un roi..... Pardon de l'expression....

www.ingramcontent.com/pod-product-compliance
Ingram Content Group UK Ltd.
Pitfield, Milton Keynes, MK11 3LW, UK
UKHW021048200726
13857UKWH00003B/861